Le Papillon de Siam

Maxence Fermine

Le Papillon de Siam

ROMAN

Albin Michel

Pour Françoise,
ma plus fiable boussole dans la géographie des mots, en témoignage d'une fidèle et déjà longue amitié.

Je regretterai le pays natal et la pluie de tes yeux
sur la soif des savanes.

LÉOPOLD SÉDAR SENGHOR

1

Une terra quasi incognita

Novembre 1841. L'hiver est déjà là et la neige tombe en abondance sur la Franche-Comté. Une neige dont les flocons, dans un ballet aérien orchestré par la symphonie du vent, viennent se briser en fines particules immaculées sur les fenêtres du lycée de Montbéliard, dessinant sur les vitres de somptueuses et éphémères arabesques de glace. Là, derrière les croisées, auprès du poêle qui ronronne et diffuse dans la salle de classe une douce et réconfortante chaleur, changeant peu à peu les arabesques en pluie d'argent, les élèves s'efforcent de rester penchés sur leur pupitre, les doigts pleins d'encre mais l'esprit ailleurs.

Distraits par ce phénomène extraordinaire surgi de l'immensité du ciel et qui, chaque année ou presque, leur met le cœur en joie. Le regard attiré par l'étonnant et virevoltant ballet que les figurants du général Hiver dansent rien que pour eux. À l'affiche, *La Première Neige, ou l'Opéra blanc.* C'est le lever de rideau. Le jour de la générale. Une pièce improvisée, montée à la hâte sur une scène d'une étonnante blancheur. Bientôt, à l'entracte, dans la grande cour de récréation du lycée, chacun des élèves en deviendra acteur à son tour. Ce ne sera plus que batailles, bousculades, rires, glissades sur un tapis scintillant de milliers de diamants.

Parmi eux, pourtant, Henri Mouhot ne se réjouit guère. La vie scolaire, monotone et répétitive, lui fait songer à un enterrement : celui de ses rêves et de ses désirs de voyage, cortège funèbre qu'ensevelissent peu à peu les théorèmes, les punitions, les dissertations et les versions latines. Et l'arrivée de la neige ne parvient pas à le dérider. Car il le sait depuis toujours, comme tout ce qui est beau et magique le spectacle hiémal n'aura qu'un temps. Après cette première représentation, après cet intermède d'une blancheur de lys s'annonce le long hiver sombre, froid et gris. Or il abhorre la grisaille. Ses rêves éclatent de couleurs : rouge Saturne, jaune d'or, fleur de pêcher, bleu outremer, vert émeraude, indigo, opalin, safran, capucine, grenat, sinople, gorge-de-pigeon, acajou, fauve, havane. Autant de mots évocateurs qu'il prend plaisir à découvrir dans les dictionnaires et à prononcer à voix haute, comme pour mieux se persuader que de telles teintes existent, ailleurs, sous des cieux moins uniformes.

Aussi, lorsque la cloche sonne, et qu'une centaine d'élèves électrisés et hurleurs comme des singes se précipitent dans la cour pour toucher enfin cette magie tombée du ciel, il reste seul, réfugié sous le préau, à les regarder d'un œil blasé se livrer à cette blanche bacchanale.

Henri Mouhot est un adolescent réservé, plutôt grand, noueux, les cheveux noirs, les yeux sombres, avec un regard avide et franc. Il observe tout avec une intense curiosité, la nature, les insectes, les cours d'eau, les arbres, les plantes, les montagnes, les animaux, les gens, comme s'il était en retrait du monde. Déjà, il est fasciné par l'immensité de la surface de la Terre et se dit, avec raison, qu'il n'aura jamais assez d'une seule vie pour en faire le tour.

C'est un voyageur dans l'âme. À quinze ans, à l'âge où un homme s'interroge sur son avenir, où on commence d'ordinaire à lorgner du côté des filles en fleur, la perspective d'une vie immobile et familiale ne lui sied guère. Le spleen le ronge comme une maladie incurable à l'idée de prendre la relève de son père, un modeste employé de l'octroi. Une vie rangée à Montbéliard, quoi qu'en pensent ses parents, ne constitue pas une aventure en soi.

Lecteur passionné, il s'évade de la prison du quotidien par la force des voyages intérieurs. Ainsi occupe-t-il ses journées de loisir et ses vacances à arpenter la campagne et à observer la nature, les longs dimanches de pluie à compulser les atlas, à lire des récits d'aventures ou à rêver de terres inconnues. Son père s'effraie de ses lectures et de ses rêveries qu'il assimile à de l'oisiveté. Sa mère ne dit rien, mais subodore qu'avec un tel rejeton, elle se prépare des jours difficiles. Son second fils, Charles, est doté d'un caractère bien plus docile. Lui non plus ne comprend pas pourquoi son aîné passe autant de temps à lire, à rêver, à échafauder des plans sur la comète, alors qu'au-dehors un vaste terrain de jeu leur tend les bras. Les deux frères sont dissemblables, quasi étrangers l'un à l'autre. Pour l'heure tout les sépare.

Henri Mouhot est un adolescent solitaire, et comme tous les solitaires, il se montre renfermé, fuyant, instable. Bientôt, comme le craignaient ses parents, voyager dans la cartographie et les textes ne lui suffit plus, et c'est sur un autre livre, de terre, de poussière et de feu qu'il désire connaître ses premiers émois d'aventurier. Il songe donc à fuir, à franchir les lignes de latitude et de longitude qui séparent le monde connu de la terra incognita. Partir loin, s'enfuir et marcher, marcher encore et toujours, la fièvre aux tempes, ivre de soleil et de vent, loin de ce froid languide et de cet hiver sans fin.

Partir, c'est entendu, mais pour quelle destination ? La Terre est vaste et l'ambition d'Henri Mouhot sans limites. En 1841, il demeure tellement de terres à explorer, de mers à traverser, de deltas à découvrir, de déserts à franchir.

La découverte, quelque temps plus tard, d'un récit de voyage pioché au hasard de la bibliothèque du lycée de Montbéliard va mettre un terme aux tourments d'Henri Mouhot. Ce livre, qui conte par le menu le périple d'un homme à l'autre bout du monde, va infléchir le cours de sa vie.

L'auteur de ce livre, un Français, missionnaire et archevêque en poste à Bangkok, se nomme Mgr Jean-Baptiste Pallegoix. Le pays qu'il décrit est une contrée perdue au sud de l'Asie, entre la mer d'Andaman, le Laos et le Cambodge. Un royaume qui se nomme le Siam. Là-bas, selon Mgr Pallegoix, sous la pluie chaude de la mousson, entre la ligne de l'Équateur et le tropique du Cancer, on trouve le catalogue le plus complet et le plus raffiné de l'exotisme : temples, palais, statues, pagodes, jonques, bouddhas ; étoffes, pierreries, bijoux, or, argent, épices ; orchidées, bois de teck, bois d'aigle, panthères, tigres, éléphants, perroquets, singes et buffles. Des mots mystérieux excitent aussi la curiosité : mandarins, talapoins, banians, Khmers, Thaïs, Malais, Laotiens, Pégouans. Un aperçu loin d'être exhaustif tant le pays regorge de richesses et de trésors.

Dans les années 1840, toute la péninsule Indochinoise est redevenue pour l'Europe une terre à découvrir. On a oublié le glorieux passé des rois de France recevant en leur fief les représentants des royaumes de Siam, de Laos et de Cambodge. Aux oubliettes les marchands et les mercenaires, les aventuriers et les missionnaires qui avaient su apprivoiser ces régions perdues. Une révolution et quelques guerres sont passées par là, éloignant les peuples des préoccupations diplomatiques. On a donc besoin, pour retrouver cette entente cordiale, d'établir de nouveaux ponts avec les ambassadeurs de ces différents pays. Or, qui mieux qu'un voyageur lettré, érudit et curieux de tout pourrait y parvenir ?

Voilà à quoi songe Henri Mouhot qui se voit très bien, même officieusement, endosser cet habit d'émissaire. Dès lors, il n'a plus qu'une idée en tête : marcher sur les traces de ce Mgr Pallegoix, toujours présent dans sa mission de Bangkok, et partir à la découverte de ce royaume indochinois, territoire si singulier qu'il ressemble à un pays de cocagne, un de ces pays qu'on ne trouve plus guère que dans les livres de contes pour enfants.

Tout d'abord : s'y préparer. Et il réunit, à force de patience, divers objets trouvés dans l'entourage familial : une longue-vue, un sac de couchage en duvet d'oie, un coutelas au manche en ivoire sculpté, une petite valise en fer, un atlas, une boussole, et quelques livres sur la langue et les coutumes de la région.

Enfin, à quinze ans et demi, Henri Mouhot décide de prendre la route du Siam.

Un matin de printemps, sans prévenir quiconque, il sort de la maison, s'enfuit à la faveur du brouillard, et quitte Montbéliard sans se faire remarquer, chargé de ses effets et d'une bonne dose de courage mêlé d'inconscience. Il prend la route de la Suisse en direction de l'est, et marche douze heures par jour, heureux et libre comme un Rimbaud avant l'heure, empruntant les sentiers de la fuite, *descendant des fleuves impassibles, les poings dans les poches crevées, voleur de feu, bohémien, vagabond aux semelles de vent*. Il dort dans des granges isolées, continue sa route à marche forcée malgré le froid et la pluie, maraude des pommes, des saucisses, du chou et un litron de vin rouge dans la cave d'une ferme située en rase campagne, est poursuivi par des chiens enragés, des paysans en furie qui brandissent leurs fourches menaçantes, réussit cependant à s'enfuir à travers champs, tremblant de peur et couvert de sueur. Il se perd en pleine forêt, tourne en rond pendant des heures, puis, hagard, épuisé, se laisse choir sous les ramures majestueuses d'un chêne centenaire où, recroquevillé, il dévore les saucisses et le chou, boit au goulot le vin, reprend peu à peu courage et couleur aux joues. Il dort à la belle étoile, frigorifié, contre la souche du chêne qui semble le protéger de la neige et de la furie du monde. Un renardeau lui cause une belle frousse en venant, à l'aube, lui lécher le visage. Le jour se lève, il fait un beau soleil qui l'aide à s'orienter. Il s'étire, bat la semelle pour se réchauffer puis repart. Il finit par retrouver sa route, se croyant en sécurité quand au loin apparaît la Suisse. Mais soudain il est rattrapé juste avant la frontière par des gendarmes à cheval que les paysans ont lancés à ses trousses.

On le conduit, penaud, sous bonne escorte à Montbéliard où son père l'attend de pied ferme, mais ne le tance pas, ne lui reproche rien, se contentant de récupérer son rejeton et de le ramener au bercail, le regard sombre et la mine renfrognée. Une fois arrivés à destination, il lui confie, en même temps qu'une raclée :

– Sacré voyageur que tu fais ! Et voleur, qui plus est ! Ça veut aller au bout du monde et ça ne sait même pas passer la frontière sans se faire prendre par les gendarmes !

Plus que la fugue de son fils, c'est bien entendu l'épisode avec les argousins qui le navre. Henri Mouhot ne dit rien, encaisse, se ferme comme une huître. Il comprend l'humiliation de son père. Ce qui ne change rien à l'affaire : il recommencera.

Même dans une cage dorée, on ne peut empêcher un papillon de prendre son envol.

2

Par-delà les frontières de la neige

Au cours de l'hiver 1844, les prémices d'un espoir se dessinent enfin pour Henri Mouhot sous la forme d'une petite annonce publiée dans le journal local de Montbéliard. Une association culturelle à la recherche de professeurs pour enseigner le français en Russie lui semble le biais idéal pour concrétiser ses rêves d'ailleurs. La Russie n'est pas le Siam, loin s'en faut, mais c'est une manière idéale de s'en rapprocher, et de goûter enfin à cette vie de liberté qu'il lui brûle de connaître. D'autant plus qu'il possède assez de notions de russe et d'anglais, apprises au lycée au cours de ces deux dernières années, pour enseigner sa propre langue au pays des tsars.

Un professeur de français et de langues, plus clairvoyant et plus accessible qu'un autre – sans doute un autre Georges Izambard – a repéré cet élève tout à la fois rêveur et réfléchi, qui semble sortir du lot de ses camarades, et a décelé en lui des facultés peu communes. Celui-là se nomme Célestin Pouille, il vient du Cantal, est en poste à Montbéliard depuis peu, et possède l'accent chantant et suave des Méridionaux, comme une pointe de soleil dans le froid de l'hiver franc-comtois. Célestin Pouille – déjà, le nom prête à sourire – porte de longs cheveux noirs, des lorgnons, une barbiche, et une règle en bois dont il se sert tout à la fois pour corriger les élèves indisciplinés et illustrer ses cours sur le tableau noir. Ce n'est pourtant pas un homme austère, implacable comme nombre de ses collègues, et même, s'il s'écoutait un peu, il délaisserait les livres de grammaire pour les romans d'aventures, l'orthographe pour les cartes géographiques et les punitions pour de longues balades dans la nature. Ses goûts naturels vont davantage vers les grands conteurs comme Homère, Cervantès, Voltaire que vers Montesquieu et tous les penseurs et moralistes assommants qu'il se doit d'enseigner à ses élèves. Seulement, il est plus âgé, vingt-huit ans, et plus raisonnable que les garnements à qui il fait la classe, aussi se contente-t-il de suivre le programme, même si rien ne l'empêche une fois le cours terminé de céder à ses penchants pour la littérature d'évasion.

Ainsi, en quelques mois, prenant sous son aile protectrice le jeune Henri Mouhot, il lui donna à lire tant d'histoires, de récits, de romans, développant plus encore son imaginaire et son sens inné de l'observation, lui octroie tant de cours particuliers qu'il en fait très vite un voyageur potentiel, un anglophile débrouillard et un russophile averti. Voilà pourquoi, sans l'ombre d'une hésitation, en découvrant cette annonce pour un poste de professeur au pays des tsars, Henri Mouhot décide de tenter sa chance.

La réponse ne se fait pas attendre. Un mois après avoir

postulé, un courrier de l'association lui annonce que sa candidature est acceptée, à la condition sine qua non qu'il parte sur-le-champ pour la Russie où on l'attend dès que possible – il doit remplacer au pied levé un précepteur que le mal du pays a contraint à retourner précipitamment en France. Il s'agit d'un poste sûr et bien rémunéré. Apprendre le français aux deux filles d'un ambassadeur russe, à Saint-Pétersbourg, sur les bords de la Neva. Dans l'attente éventuelle d'autres propositions de professorat en Russie, une contrée décidément très francophile.

L'intéressé, grisé, accepte et le fait savoir aussitôt par retour de courrier. Lui, le mal du pays ne l'atteindra pas, il en est certain. C'est au contraire l'immobilité qui l'étouffe. Il a hâte de partir. Il l'écrit, d'ailleurs.

« Je me lasse de ce pays trop étriqué et aspire à d'autres cieux, d'autres climats, d'autres contrées… »

Passez muscade ! Le temps presse. Le professeur qu'est désormais devenu Henri Mouhot par la grâce de cette nomination n'a que peu de jours pour se préparer à cette nouvelle fonction, préparer ses bagages et faire ses adieux à sa famille et à son entourage, eux-mêmes un peu surpris qu'on le réclame là-bas, du côté des steppes de la Russie.

– Je dois partir pour Saint-Pétersbourg, annonce-t-il avec fierté à Célestin Pouille, son professeur de français et de langues étrangères, ce mentor qui l'a formé et lui a permis, en quelque sorte, de briguer et d'obtenir ce poste improbable. Pouille, s'il est étonné, ne le montre guère. Tout comme le principal de Charleville au sujet de Rimbaud, il devait bien se douter que rien de banal ne germerait dans cette tête-là.

– Tu m'écriras de là-bas, n'est-ce pas ? demande-t-il en rajustant ses lorgnons sur son nez camard, le regard un peu embué à la fois par la joie de voir son élève réussir si bien, et la tristesse de le voir partir si tôt, lui qui avait également pris un vif plaisir à donner ces leçons particulières à cet adolescent intelligent, téméraire et singulier. Aussi ressent-il une pointe d'envie… Si seulement il avait eu l'esprit d'aventure, et cette dose d'inconscience, ou de courage, qui pousse à larguer amarres et attaches…

– Bien entendu, Célestin. Je vous écrirai… En français ou en russe ?

Le professeur sourit et donne l'accolade à son élève, un geste qu'il veut à la fois protecteur et affectueux.

– Comme tu voudras. L'important est que tu me donnes des nouvelles de toi. Comme cela, j'aurai l'impression, moi aussi, de voyager un peu par ton entremise…

Il ne peut qu'encourager son protégé à goûter au sel du monde. Mais désirerait aussi le mettre en garde contre les dangers d'une telle existence.

– Bon voyage, ajoute-t-il en secouant sa longue chevelure noire, le regard perdu dans les étoiles du rêve.

Une poignée de main franche et virile, un dernier sourire, et c'est tout.

Les deux hommes, s'ils entretiendront pendant de longues années une indéfectible amitié au travers de lettres et de missives, ne se reverront plus.

Dès lors, Henri Mouhot est « en voyage », comme hors du temps, du monde et de sa propre vie. Il sera *ailleurs*, tandis que Célestin Pouille, fidèle à son poste, restera *là*.

Chacun suit sa route. Pouille est un voyageur immobile. Grand bien lui fasse. Il lira beaucoup, initiera à la littérature et aux langues étrangères des bataillons d'élèves dans son lycée de Montbéliard, se verra en fin de carrière décerner les palmes académiques, mourra vieux, qui plus est dans son lit et non dans quelque jungle hostile, entouré des siens, serein, comme quelqu'un qui a accompli son devoir, même si parfois, en de fugitifs instants de nostalgie, il a regretté de n'avoir pas eu le panache et le caractère de son célèbre élève et couru le monde à sa place.

Henri Mouhot, lui, est un voyageur de l'espace, un corps céleste en mouvement, une comète. Il vivra moins longtemps, mais accomplira avec bonheur le voyage d'une vie, la sienne, qui devait être celle d'une étoile filante, le passage d'une météorite éclatant dans sa course folle le planisphère suranné pour recomposer une galaxie nouvelle où sa figure d'explorateur allait éclairer d'un feu nouveau, quoique éphémère, la constellation des grands découvreurs du XIXe siècle.

On sait depuis Montaigne que le voyage forme la jeunesse et que c'est là le meilleur moyen de sortir du giron familial, de devenir mature et de faire ses classes ailleurs qu'à l'armée. D'autant qu'Henri Mouhot, lui, ne redoute pas de partir loin. À dix-huit ans, comme tous ses condisciples, il n'a d'autre alternative que deux voyages dans l'inconnu : la garnison de Besançon pour son service militaire ou le monde du travail, dur et pénible, dont on ne sort que brisé et vieilli avant l'âge. Lui peut embrasser la carrière de professeur en Russie. Beaucoup de ses camarades de classe n'auront pas cette chance. La Grande Muette va en prendre sous son aile un certain nombre, les mater, les éduquer, les mettre en coupe, en faire de vrais soldats, avant que de les envoyer combattre sur quelque front meurtrier. Les autres, plus chanceux, des lettrés, des invalides, des réformés, des planqués, seront rendus à leurs familles au sortir du lycée, en attente d'un travail à l'usine, aux champs, ou pour les mieux lotis dans quelque obscure arrière-salle d'une bureaucratie *aussi inflexible que cent treize administrations à casquette de plomb.*

Puisqu'il l'a, lui, le choix, Henri Mouhot ne sera pas de ceux-là. Plutôt planqué que cadavre. Plutôt précepteur que forgeur de canons. Plutôt voyageur qu'employé de l'octroi. Même pour une médaille militaire, un salaire meilleur ou une vie plus calme.

Quelques jours plus tard, il plie bagage. Il emporte avec lui une seule valise contenant quelques affaires de rechange – sa garde-robe n'est pas encore très fournie –, une redingote, un frac, un manteau épais, une paire de bottes et des gants de cuir, une écharpe de laine, une toque en fourrure – à Montbéliard aussi, on sait se prémunir contre le froid, même si on ne connaît pas les températures glaciales des régions les plus septentrionales de la Russie où le thermomètre, s'il faut en croire les gazettes, a déjà atteint cet hiver les –51°C. Las, les bords de la Baltique ne sont pas la Sibérie, et puis, si tout va bien, notre voyageur arrivera là-bas en même temps que le printemps. À ses effets il joint deux ou trois récits de voyageurs, un dictionnaire de russe et un carnet de cuir rouge qui lui servira de journal de bord. C'est à cette époque qu'il décide, pour plus de commodité, et avant tout pour se donner l'âge qu'il n'a pas encore, de ne plus se raser et de se laisser pousser la barbe – un attribut qui, bientôt, lui mangera tout le visage et lui conférera une allure austère et sérieuse de professeur.

– Et où est-ce donc, Saint-Pétersbourg ? lui demandent ses parents au moment des adieux, solennels et un peu embarrassés sur le quai de la compagnie de diligences de Montbéliard.

Henri Mouhot, mal à l'aise dans son costume devenu trop étriqué pour son impressionnante carrure, un peu solennel dans son nouvel habit de gentleman-professeur-voyageur, répond :

– Quelque part sur le rivage de la mer Baltique.

Puis, comprenant que ni son père ni sa mère ne savent situer sur une carte géographique cette mer lointaine, eux qui n'ont jamais quitté la Franche-Comté, ajoute avec un peu de malice en désignant l'horizon blanchi :

– Là-bas, par-delà les frontières de la neige.

C'était le 17 mars 1844. De Montbéliard il gagne l'Allemagne, la Tchécoslovaquie, la Pologne, puis la Lituanie. Il fait étape à Stuttgart, Prague, Varsovie et Vilnius. Enfin, au terme de trois longues semaines de voyage, il parvient en Russie.

À Novgorod, où il ne séjourne qu'une seule nuit, il parcourt la ville en tous sens, sous une tempête de neige – l'une des dernières de la saison – qui lui donne une allure de conte. Ses bottes, son manteau, ses gants et sa toque de fourrure, décidément, il ne les a pas emmenés pour rien. Si ces vêtements ne le préservent pas du ridicule – le manteau est trop court, le cuir des gants craquelé, la toque trop large –, ils le protègent des rigueurs du climat. Ne sachant où dormir, il profite de l'hospitalité des moines de Saint-Dimitri dans leur monastère, un peu surpris de voir surgir au sein de leur communauté ce jeune Français mal rasé, vêtu comme un boyard, et qui baragouine un sabir académique, une langue russe apprise dans les livres, mais pas encore frottée au réel des accents, des patois et des idiomes locaux.

Enfin, à Saint-Pétersbourg où il arrive au début du mois d'avril, il découvre une ville magnifique où le soleil, en cette saison, s'installe un peu plus chaque jour – le 21 juin, au solstice d'été, il ne se couche jamais tout à fait, ce qu'on nomme joliment « la nuit blanche ».

C'est là, dans une demeure élégante et bourgeoise posée sur les bords de la Baltique, qu'il va enseigner le français aux deux filles d'un certain Dimitri Ekonomidov, Russe éminent appelé bientôt à rejoindre la France pour de nouvelles fonctions diplomatiques.

« La Russie n'est pas le Siam, loin s'en faut, répète-t-il encore, mais c'est un premier voyage… »

3

Un diplomate russe vêtu d'un peignoir de soie rouge

Henri Mouhot fait la connaissance du diplomate russe dès le lendemain de son arrivée à Saint-Pétersbourg. Ce dernier le reçoit dans son élégante demeure des bords de la Neva, une sorte de datcha bourgeoise ceinturée d'un parc planté de bouleaux et d'épicéas. Ici, pas de pierre, mais du bois, du verre et de la végétation. La façade blanche et mauve comporte des dentelles de bois sculpté, des lisérés colorés de mauve, de bleu cobalt et de jaune d'or, ainsi qu'un grand balcon dominant une terrasse de gravier où l'on a disposé une table et six chaises en teck. Voici enfin des couleurs chaudes dans cette ville blanche, couleurs qui ne peuvent laisser indifférent notre voyageur.

L'ambassadeur lui ouvre les portes de son bureau, une vaste pièce rectangulaire dotée d'une immense bibliothèque en acajou, d'un bureau de la même essence, d'un guéridon en chêne surmonté d'un plateau de marbre blanc veiné de noir, et de quelques toiles d'artistes locaux représentant Saint-Pétersbourg sous la neige. Bizarrement, il est vêtu d'un peignoir de soie rouge à franges d'or, dont le drapé et l'étoffe jouent avec la lumière que diffuse la grande baie vitrée donnant sur le parc. Henri Mouhot ne sait que penser – il saura plus tard que cet ambassadeur a rapporté cette curieuse coutume d'un voyage au Japon, et que depuis il se divertit follement à recevoir ses hôtes en peignoir de soie rouge, guettant leur réaction.

Pour l'heure, le Français qui ne sait pas encore que le Russe est un original – un intellectuel capable de lire six heures d'affilée des essais abscons traitant de sujets aussi divers que la psychiatrie infantile, la physique quantique ou l'usinage des canons ne peut pas être un homme comme les autres –, ne se formalise de rien. Il pense au contraire que son hôte est un être infiniment raffiné – il porte des lorgnons, fume de petits cigarillos fins comme des cigarettes qu'il pince entre ses lèvres d'une minceur toute féminine. Les ongles sont d'une propreté éclatante, la coupe de cheveux soignée – et cependant terriblement virile –, le teint mat, le torse velu comme celui d'un ours, le haut du crâne dégarni, lui aussi se laisse pousser la barbe comme le prouve le duvet d'un noir d'encre qui couvre ses joues et son menton.

Ekonomidov, d'ailleurs, lui apparaît comme un curieux mélange de féminin et de masculin, à l'instar de cette variété de papillon découverte il y a peu, en Chine, par un scientifique anglais, à propos de laquelle il vient justement de lire un article dans un journal, et qui est un exemple parfait de gynandromorphisme – deux paires d'ailes dimorphes, les unes appartenant au mâle, les deux autres à la femelle. La nature n'est pas à une exception près, se dit-il, et cet homme assis à sa table de travail, penché sur un livre en caractères cyrilliques qu'il consulte de temps à autre par-dessus ses lorgnons, est lui aussi, à sa manière, une espèce rare.

– Vous êtes donc le nouveau précepteur que m'envoie l'association culturelle française ? l'interroge d'emblée Dimitri Ekonomidov en lui serrant la main et en l'invitant à s'asseoir dans un large fauteuil club couleur havane.

– Oui, Votre Excellence...

– Très bien, l'interrompt-il en se caressant le menton de la paume de la main droite. Voilà qui est intéressant.

Ekonomidov, à peine sa phrase terminée, tend à son interlocuteur un cigarillo que le Français refuse poliment.

– Ah, vous ne fumez pas ?

– Non, Votre Excellence.

– Vous avez tort. C'est délicieux, l'odeur du tabac !... Surtout le matin à jeun, juste avant la première tasse de thé.

Sa voix est étonnamment grave, comme venue d'outre-tombe. Une belle voix de basse qui joue avec séduction de son auditoire.

– Sans doute, Votre Excellence, mais je n'aime pas le tabac. Par contre, si vous avez du thé... Je viens d'arriver à Saint-Pétersbourg ce matin, en diligence, et je suis venu directement à vous, pour répondre à votre appel, sans prendre la moindre collation...

Henri Mouhot, d'ordinaire, ne se serait pas permis une telle familiarité. Mais les forces lui manquent, il est pâle comme un linge.

À ces mots, le Russe lève les bras au ciel, s'affole :

– Malheureux, que ne l'avez-vous dit plus tôt !

Il se précipite à la porte, crie dans le couloir quelques ordres à l'adresse d'une gouvernante invisible. Cette dernière, comme si elle avait attendu tapie derrière la porte, surgit bientôt dans la pièce munie d'un plateau sur lequel reposent un samovar en argent ciselé, deux tasses à thé en porcelaine de Saxe, un pot rempli de morceaux de sucre et quelques pâtisseries maison.

– Merci infiniment, Anna, s'écrie Ekonomidov tout en tirant avec délices sur son cigarillo dont la fumée bleue et âcre envahit peu à peu la pièce jusqu'à la rendre irrespirable.

La gouvernante pose le plateau sur le guéridon en marbre, se dirige vers la fenêtre, l'entrouvre pour créer un courant d'air puis, après avoir dévisagé le nouveau venu avec intérêt et curiosité, s'efface discrètement.

Le diplomate écrase son cigarillo dans un large cendrier de verre dont le souffleur a joué sur la ressemblance avec une fleur de nénuphar, se saisit du samovar posé sur le plateau, remplit deux tasses de thé noir, en offre une à son visiteur et, tout en buvant la sienne, exhale entre chaque gorgée un petit râle de plaisir et regarde le voyageur reprendre peu à peu des couleurs – une gorgée de thé, une pâtisserie, un morceau de sucre.

Il pointe l'index sur le livre ouvert devant lui et demande :

– Connaissez-vous Pouchkine ?

– Qui ne connaît pas le poète russe par excellence ? rétorque aussitôt le Français que le thé noir a ragaillardi.

Comme Ekonomidov continue à le dévisager sans rien dire, tout en savourant son breuvage, Henri Mouhot précise :

– Mais je dois avouer que je n'ai rien lu de lui. Je suis de nature plus porté sur les sciences que sur la littérature. Et je maîtrise encore assez mal votre langue pour en goûter les chefs-d'œuvre comme *Eugène Onéguine.*

À peine son visiteur a-t-il prononcé cette phrase qu'Ekonomidov comprend qu'il a devant lui la personne adéquate. Cet homme assez fin pour deviner en quelques secondes le titre de l'ouvrage posé sur le bureau, visiblement, fera un bon précepteur pour sa progéniture.

– Très bien, je ne doute pas un instant que vous réussirez. Mais avant de lire Pouchkine et de l'apprécier à sa juste valeur, vous devrez apprendre à parler français à mes filles.

– Si tel est votre désir.

– Dès cet automne, elles se retrouveront à Paris, à babiller dans les salons. Aussi je souhaite que vous leur enseigniez rapidement les rudiments, les tournures et les manières de votre langue afin qu'elles puissent s'intégrer au mieux dans votre pays.

– Dans ce cas, Votre Excellence, puisque le temps presse, autant commencer les leçons dès que possible, et de façon intensive. Je propose de leur donner quatre heures de cours par jour – deux heures le matin et deux heures l'après-midi –, jusqu'à ce que mon enseignement porte ses fruits.

– Vous commencerez demain à dix heures, termine Ekonomidov en se levant de son fauteuil avec précipitation.

L'hôte raccompagne son visiteur jusqu'à la lourde porte en chêne. Avant de prendre congé, Henri Mouhot aurait désiré aborder le problème de ses honoraires – il n'a que très peu d'argent, et encore moins de perspectives d'en gagner autrement qu'en donnant des cours particuliers –, mais à peine s'est-elle présentée, que cette idée lui paraît déplacée.

Au moment de passer la porte, fort heureusement, l'ambassadeur intervient :

– À propos, à combien estimez-vous vos honoraires pour les leçons ?

Henri Mouhot, pris au dépourvu, bafouille, hésite, se perd en conjectures. L'association qui l'a engagé a évoqué une certaine somme, mais de là à la réclamer…

– Je ne saurais dire… à vous de voir… selon votre bon vouloir…

– Très bien, l'interrompt Ekonomidov qui comprend très vite qu'ils n'arriveront à rien de la sorte. Je vous propose donc de vous octroyer une somme de deux cents roubles par jour. Qu'en dites-vous ?

Henri Mouhot n'en dit rien. Il demeure interdit. Il n'avait pas rêvé de gagner le quart, lui qui n'a jamais reçu un seul salaire de sa vie. Tout cela lui semble si précipité, inespéré… Le Russe sort alors une liasse de billets de la poche de son peignoir en soie rouge, et la lui tend.

– Voici deux mille roubles d'avance pour les dix premiers jours de cours.

– Je… je vous remercie infiniment, Votre Excellence,

répond le Français sur un ton incrédule sans oser tendre la main vers l'argent.

– Rassurez-vous, rétorque l'ambassadeur, je vous fais confiance. D'ailleurs en Russie, tout est une question de parole et de confiance. Et puis où iriez-vous avec deux mille roubles ? Certainement pas bien loin… À propos, où logez-vous ?

– Je ne sais pas encore.

– Dans ce cas, lui dit-il en lui tendant une carte de visite, allez de ma part dans cette pension de famille située au cœur de la vieille ville. C'est un cousin à moi qui la tient. Ce n'est pas luxueux, mais on vous y soignera bien, et à petit prix encore !…

Le soir même, seul mais ravi, Henri Mouhot se permet une entorse au règlement qu'il s'est fixé : il dîne dans un grand restaurant non loin du théâtre de l'Ermitage. Là, on le reçoit avec les égards dus aux grands de ce monde, lui attribuant une table située près de la fenêtre qui donne sur une grande place près de l'édifice prestigieux construit par l'Italien Quarenghi. Grisé par ce décor somptueux et cette somme d'argent qui lui tourne la tête, il se met à boire plus que de raison, dévore plusieurs plats, notamment une soupe de fèves, un koulibiak – un saumon arrosé de crème – ainsi qu'en dessert un sorbet arrosé de vodka glacée. Café, liqueurs. Tout cela est dispendieux, mais on ne vit qu'une fois après tout, surtout un tel soir de féerie à Saint-Pétersbourg, avec sa première paie, alors que, ironie de l'histoire, il n'a pas encore donné une seule leçon !

Après ce repas somptueux, le voyageur décide de se rendre à la pension de famille que lui a indiquée l'ambassadeur.

C'est, au fond d'une sombre impasse située en retrait de la perspective Nevski, un vieil immeuble crasseux, fissuré, lézardé, qui semble menacer à tout moment de s'effondrer. Au numéro 8, pas de sonnette mais une enseigne où il est écrit à la craie :

PENSION STEFAN EKONOMIDOV
ACCUEIL À TOUTE HEURE ET PRIX CASSÉS

La pancarte dit vrai. Il est déjà tard mais de la lumière filtre encore au rez-de-chaussée, et aussi, semble-t-il, de la musique. D'ailleurs les prix ne sont pas les seuls à être cassés. La porte d'entrée grince comme une vieille scie, il manque un carreau à une fenêtre du premier étage, et les marches de l'entrée sont si usées qu'elles forment une cuvette, se dérobant sous les pas d'Henri Mouhot. Au fond de la cour, un chat, le museau enfoui dans une poubelle, cherche sans doute son seul repas du jour. Sur sa droite, un vestige d'escalier mène aux étages supérieurs. Enfin, sur sa gauche, au-dessus d'une porte encore plus bringuebalante que celle de l'entrée, notre voyageur découvre la pension de famille. Il frappe. Un coup, puis un autre. Personne ne lui ouvre. Il attend quelques secondes, recommence une troisième fois, sans succès, se décide à tourner la poignée et pousse l'huis qui n'était pas fermée. Là, stupeur. Henri Mouhot, qui croyait découvrir un lieu certes délabré mais calme, débarque en plein lupanar. Ce n'est pas une pension qui se présente à ses yeux, mais un salon de bordel, avec tout le décorum qui va avec : lustre à pampilles, moquette épaisse aux murs, tapis au sol, vieux piano déglingué sur lequel s'acharne un drôle de type nimbé de fumée, enfin un sofa qui semble avoir porté le poids de l'humanité tout entière et sur lequel batifolent une ribambelle de joyeux drilles. Bref, c'est du plus haut comique.

À l'instant précis où chacun des convives découvre dans l'encadrement de la porte la silhouette longiligne du voyageur, Henri Mouhot se fige.

– Je crois que je me suis trompé d'adresse, annonce-t-il d'emblée.

– Ça dépend, intervient aussitôt l'un des convives qui est vautré sur le sofa, un large sourire aux lèvres, la tête enfouie au creux de la poitrine d'une virago. Vous cherchez quoi ? Une chambre, une femme ou tout autre chose ?

– Une chambre, bien entendu. On m'a indiqué la pension de famille d'un certain Stefan Ekonomidov…

– Alors vous êtes à la bonne adresse. (Puis en aparté :) Notez que vous pouvez avoir les deux si vous y mettez le prix.

Henri Mouhot demeure interdit quelques secondes, la virago en profite pour embrasser à pleine bouche son compagnon de canapé tandis que sa voisine se gausse du nouveau venu en émettant un rire strident qui va se répercuter sur les pampilles en cristal cascadant du lustre au-dessus de leurs têtes.

– Je suis désolé, je n'ai plus de chambre pour ce soir.

La voix de Stefan Ekonomidov ressemble étrangement à celle de son cousin : chaude et grave, elle en impose à son interlocuteur. C'est lui qui était au piano, dans la fumée de son cigare.

Sans se démonter, Henri Mouhot sort la carte de visite que lui a confiée le diplomate et réitère sa demande.

– Je viens de la part de Dimitri Ekonomidov, qui m'a certifié que vous pourriez me loger. Je ne cherche pas un endroit pour passer la nuit, mais une pension pour quelques mois. Je suis le nouveau précepteur de ses filles et j'arrive aujourd'hui à Saint-Pétersbourg…

Le logeur considère la carte, puis la mine un peu pâle du voyageur, et cède :

– Dans ce cas, c'est autre chose. Puisque vous avez une recommandation de mon illustre cousin, je peux vous proposer une chambre de bonne sous les toits à six cents roubles par mois. Ça ira ?

– Oui, je crois… allons voir…

Se tournant vers les convives lovés sur le sofa :

– Attendez-moi, les amis, le temps de montrer à monsieur sa chambre et je reviens au piano.

Le propriétaire des lieux soulève alors un pan du rideau rouge qui sert de décor à la pièce et gravit un escalier de bois. Henri Mouhot, muni de sa valise, lui emboîte aussitôt le pas.

– J'espère que la musique ne vous dérange pas, monsieur Mouhot ?

– Pas le moins du monde.

– Dans ce cas, vous dormirez comme une souche. D'ailleurs, au cinquième étage, vous n'entendrez rien.

– Je crois que même dans ce salon, couché sur ce sofa, je n'aurais rien entendu tant je suis épuisé…

– Ce salon n'est heureusement pas fait pour dormir.

– Je l'ai bien compris… et ces demoiselles ne sont pas de simples clientes.

– Que voulez-vous ? grimace le logeur en jetant un œil torve au voyageur. Il faut bien vivre…

Quelques instants plus tard, au cinquième étage, sous les toits, Stefan Ekonomidov lui fait découvrir le lieu où il va passer le plus clair de son temps : une chambre de bonne de dix mètres carrés à peine, munie d'un petit fenestron donnant sur le ciel neigeux, d'un lit simple, d'une commode, d'une chaise et d'un miroir. Rien de luxueux, mais la pièce est propre, et elle bénéficie d'un poêle pour le chauffage. Au moins ne mourra-t-il pas de froid.

– Le cabinet de toilette se situe sur le palier, à votre gauche.

– Marché conclu. Voici déjà le loyer pour le premier mois.

Il sort de sa poche la liasse de billets et tend au propriétaire la somme exigée. Ce dernier s'en saisit aussitôt et la fait disparaître sous son manteau avec une dextérité de pickpocket de haut vol.

– Bonne nuit, monsieur. À demain.

– À demain.

– Et si vous changez d'avis et que vous voulez venir nous rejoindre, n'hésitez pas.

Henri Mouhot ne répond pas. Demain, il aura besoin de toutes ses forces et de son entière lucidité pour la toute première leçon à donner aux deux filles du diplomate. Aussi s'empresse-t-il d'éconduire son logeur, de fermer la porte à double tour, de s'affaler sur le lit de tout son long et de sombrer comme une masse, sans même prendre le temps de se déshabiller.

Le lendemain, à dix heures précises, après un frugal petit déjeuner pris dans la salle où, la veille au soir, les aguicheuses et les notables du quartier s'étaient donné rendez-vous, Henri Mouhot retourne à la demeure des Ekonomidov.

Cette fois, ce n'est pas le diplomate qui le reçoit mais une domestique qui s'empresse de le conduire dans le grand salon du premier étage. Là, il fait la connaissance des deux jeunes filles à qui il va enseigner le français. Natacha et Irina Ekonomidov. La première, blonde comme les blés, lui paraît douce et avenante, avec une petite frimousse adorable parsemée de taches de rousseur, deux grands yeux bleu d'azur et un port de tête altier qui la fait ressembler à une poupée de cire. La seconde, en revanche, brune comme la nuit, le regard dur, le geste saccadé, les ongles rongés, mais pourtant belle d'une beauté sauvage, lui semble beaucoup moins docile.

« Voilà un roseau qui plie, et un autre qui ne plie pas », se dit-il.

L'intuition du professeur se révèle exacte. Lors de la première leçon, Natacha demeure studieuse, délicate, attentive, d'une constance inégalable. Mais si son travail est irréprochable, elle manque parfois de spontanéité. Irina, au contraire, se montre colérique, capricieuse, travaillant peu ou pas du tout. Cependant elle retient tout avec une facilité déconcertante et, lorsqu'elle daigne faire un effort, parle français à la perfection, sans le moindre accent russe.

– Eh bien, mes filles sont-elles studieuses ? lui demande le diplomate qui, un soir au sortir des leçons, cueille le professeur au moment où il s'apprêtait à partir.

– À n'en point douter, elles parleront bientôt le français mieux que moi.

– C'est bien, émet le diplomate, ravi, avant de le planter là et de s'en retourner s'enfermer dans son bureau.

Décidément, se dit Henri Mouhot, qu'ils soient diplomates ou tenanciers de bordel, les Russes demeurent en tout point insaisissables.

Un étrange manège se met alors en place dans la vie d'Henri Mouhot. Le jour, il enseigne sa langue à deux jeunes filles prudes et délicates, sous la férule de leur père, ombre invisible mais omniprésente. Le soir, les leçons terminées, il regagne le lupanar qui lui sert de pension où il croise pêle-mêle le cousin du diplomate déguisé en chef d'orchestre, un policier exhibitionniste, un syndicaliste cocaïnomane, deux ou trois notables corrompus et quelques prostituées. On joue du piano jusque tard dans la nuit, on bat les cartes, et chacun se soûle jusqu'à l'aube tant les esprits sont échauffés par les vapeurs mêlées d'alcool, de musique et de désir.

Dans ces conditions les nuits sont courtes pour Henri Mouhot, et le contraste saisissant entre les orgies nocturnes du lupanar au-dessus duquel il loge et l'ambiance feutrée de la demeure du diplomate où il dispense ses leçons à deux adolescentes bien éduquées. Mais cela n'est pas pour lui déplaire. Le sel de la vie, au fond, est de vivre le jour comme un moine et de connaître le soir la vie dissolue d'un bordel.

Au fil des leçons et de l'été naissant, les cœurs des deux adolescentes connaissent l'émoi. Si leur précepteur reste sur la réserve, se contentant d'apprécier la compagnie de ces deux élèves d'exception que la Providence a conduites sur sa route, les sœurs Ekonomidov vont plus loin dans leur sentiment et finissent toutes deux par aimer en secret ce professeur aux manières étranges. L'homme passe pour un rêveur et un solitaire, ce qui aiguise leur curiosité. Ne leur raconte-t-il pas qu'il reste des nuits entières penché sur des livres de science, et qu'il n'a qu'un seul rêve, devenir explorateur au royaume de Siam ?

– Et qu'est-ce donc que ce royaume de Siam dont vous vous gargarisez et dont vous nous rebattez continuellement les oreilles ? lui demande un jour la plus effrontée des jeunes sœurs Ekonomidov.

– Un eldorado où il fait bon vivre, ma chère Irina. Là-bas, il ne fait jamais froid, et il n'y a jamais d'hiver.

– Comme cela doit être triste un pays où il ne tombe jamais de neige ! fait remarquer l'adolescente avec une pointe de dégoût. Je ne pourrais pas vivre là-bas !

– C'est vrai ! Cela doit être étrange un Noël sans neige, continue Natacha sur un ton étonné.

– Quant à moi, assène Henri Mouhot, cela m'irait très bien. J'ai assez vu de neige pendant mon enfance pour le restant de mes jours.

– Cela veut dire que vous ne resterez pas à Saint-Pétersbourg ? demande, inquiète, Natacha.

Le précepteur annonce alors d'une voix qu'il désire le moins blessante possible :

– Hélas ! Non. Je ne crois pas. Lorsque votre instruction sera terminée, je reprendrai la route.

Irina n'attend rien de cet homme, et elle connaît les blessures de l'amour, au contraire de sa sœur qui vit de chimères et, sans doute, en attend trop. Mais apprendre que bientôt il les quittera lui glace le cœur.

À la fin de septembre, l'habitude des leçons de français est telle pour les sœurs Ekonomidov que lorsque leur père leur annonce qu'ils partiront tous trois pour Paris dès le 1er octobre, elles en sont déboussolées. Irina ne dit rien de son tourment, mais Natacha, en secret, pleure de désespoir.

– Que t'arrive-t-il ? lui demande le diplomate, la surprenant dans le salon au sortir d'une leçon de français, secouée de spasmes, le visage enfoui dans un mouchoir de flanelle grise.

– Rien, répond Natacha en relevant la tête, laissant apparaître son beau regard d'eau claire que les larmes ont teinté de sombre. C'est sans doute le mal du pays qui me prend déjà.

Dimitri Ekonomidov ne connaîtra jamais l'origine du chagrin de sa fille. Il ne se doute pas un instant qu'elle a espéré épouser cet homme et rester en Russie, pour le restant de ses jours, à apprendre le français en sa compagnie. Seule Irina comprend ce qui la tourmente, mais comme elle éprouve, à quelques nuances près, les mêmes sentiments que sa sœur à l'égard du même homme, au lieu de la consoler, elle se délecte avec perfidie de sa tristesse. Ce qui, à la longue, a le pouvoir de rendre la sienne plus supportable.

Le jour vient de la dernière leçon.

Henri Mouhot ne semble pas comprendre à quel point il a torturé ces deux cœurs juvéniles. Et il les quitte sans même un regret, comme s'il semblait détaché de tout.

Paradoxe de l'amour, au lieu de le haïr comme elles auraient dû le faire, elles ne l'en aimèrent que davantage.

4

Daguerre et les daguerréotypes

Henri Mouhot demeure de longs mois en Russie, ce qui lui laisse tout le loisir d'en maîtriser la langue, de lire les vers de Pouchkine et d'en sortir ébloui. Durant ce laps de temps, il prend goût au voyage, mène une vie de bohème, et aiguise sa curiosité naturelle au contact de la population de ce pays grand comme trente fois la France.

Outre Saint-Pétersbourg, il enseigne à Moscou et à Voronej sur le Don, aux confins de la steppe. Il se rend à Samara, Vladivostok, Novosibirsk, et a même le loisir de visiter les confins de la Sibérie et d'en revenir tout à la fois émerveillé et transi.

Avide de découvertes et de terres nouvelles, il commence alors à noter le fruit de ses observations dans le carnet en cuir rouge dont il a fait l'acquisition peu de temps avant de quitter Montbéliard, devenant sans vraiment le savoir un explorateur et un savant d'envergure. Tout à la fois naturaliste, ethnologue, hydrographe, cartographe, géographe et botaniste, il parcourt le pays en tous sens comme s'il entreprenait là sa première expédition scientifique.

Il en ramène une multitude d'informations, des observations diverses sur les coutumes des autochtones, des centaines de croquis et le sentiment, quoique encore imprécis, qu'il passera le reste de son existence à découvrir le monde avec la même acuité. Comme une feuille ballottée par le vent, se laissant porter par la brise légère, sans jamais tomber à terre.

C'est d'ailleurs grâce à un procédé révolutionnaire, mis au point quelques années plus tôt par un peintre et photographe français, que notre voyageur prend la mesure de son temps : le daguerréotype. Il s'agit, par le biais d'un dispositif qui n'est autre que l'ancêtre de l'appareil photographique, de capturer des images sur une plaque de cuivre recouverte d'une fine couche d'argent, avec l'aide inattendue mais salvatrice d'un peu d'eau chaude saturée de sel marin.

Cet appareil et cette découverte, on les doit à un homme d'exception, Louis Jacques Mandé Daguerre, artiste, inventeur, peintre, décorateur de théâtre, qui, avec le soutien précieux de son compagnon inventeur Joseph Nicéphore Niepce, fut le premier à mettre au point cette technique qui allait faire sa fortune.

Daguerre. Magie de l'histoire ou histoire de la magie. Tout est lié et tout se rejoint. On n'est pas loin du musée Grévin, de son Palais des Mirages, de Jean-Robert Houdin et de tous les grands illusionnistes de cette époque fertile en génies qui, par leurs incessants travaux, allaient révolutionner le monde en emprisonnant le réel dans une petite chambre noire. Et pourtant, quel labeur pour en arriver là ! Il suffit de contempler le portrait de Daguerre par Nadar – encore un autre illustre illusionniste – pour comprendre quelle sorte de personnage il était. Massif et austère, le visage grave, l'allure imposante, l'œil sévère, presque hautain, il se tient assis de trois quarts et toise l'objectif, ne dévoilant que son flanc droit. Daguerre, ce n'est pas le genre à musarder, à batifoler, à traîner ses guêtres du côté de Montmartre ou à user ses fonds de culotte sur le cuir des banquettes de cafés des grands boulevards, du Moulin-Rouge, du Chat-Noir ou d'ailleurs, comme nombre de ses condisciples. Lui est un forçat, cela se voit. Il a dû rester cloîtré des années dans son atelier, s'abîmant les yeux au labeur, penché au-dessus de son chevalet telle une fourmi besogneuse, parmi les gouaches, les aquarelles, les pinceaux, les ébauches, les pastels et les lavis, peignant sans relâche les grandes fresques, les panoramas et les triptyques empreints de féerie qui allaient établir sa réputation. Une sorte de pendant d'Alexandre Dumas qui aurait troqué plume et encre contre pinceaux et couleurs.

Mais c'est en compagnie d'un autre inventeur, le Chalonnais Nicéphore Niepce – rencontré par l'entremise de leur ami commun, l'ingénieur-opticien Vincent Chevalier –, que Daguerre va connaître son plus grand succès : la photographie.

Ces deux-là, d'abord suspicieux et réticents sur l'avancée de leurs travaux respectifs, vont finir par s'associer, et découvrir que l'iode, et bientôt la vapeur de mercure, sont d'excellents révélateurs de l'image, ce qui permettra d'améliorer considérablement le procédé photographique.

Grâce à cette technique et à cet appareil qui n'est pas sans ressusciter la magie du fameux diorama de son inventeur, Henri Mouhot rapporte de ses différents voyages l'un des tout premiers albums de l'histoire encore balbutiante de la photographie. Il faut l'imaginer arpentant les villes et les campagnes de la Russie tsariste, muni de son daguerréotype, constamment à la recherche du bon angle, de la lumière parfaite, afin d'immortaliser tel ou tel édifice. Son attirail ne cesse d'intriguer les passants, surtout dans les campagnes reculées. Certains enfants, curieux, posent devant l'objectif, sans savoir que le voyageur vient de les fixer à jamais.

Hélas ! Lui qui croyait être épargné, voilà que le mal du pays prend soudain Henri Mouhot et ne lui laisse plus aucun répit, comme une lèpre qui rongerait son esprit. Bientôt, il se prend à se lasser de ce grand pays aussi vaste qu'un continent et tout ce qui va avec, les leçons données à des adolescents qui ne feront jamais mieux que baragouiner quelques mots de français, le froid incessant, les errances jusqu'aux frontières les plus reculées de la Russie tsariste. Tout lui devient insipide, glacé, sans intérêt. C'est donc qu'il en a fait le tour et qu'il lui faut partir et s'en retourner chez lui, à Montbéliard. Ce qu'il met en œuvre sans tarder, comme un vagabond qui, après avoir marché pendant de longues journées, prend soudain conscience qu'il erre sans but et s'en retourne sur ses pas.

En France, ce sont les grandes retrouvailles avec ses parents, ainsi qu'avec son frère Charles. Charles a grandi, ce n'est plus cet adolescent espiègle qui passait son temps à faire des farces ou à courir les champs. Désormais, c'est un grand jeune homme portant fièrement l'habit, barbu, souriant, tapageur et fumant le cigare.

Quant à ses parents, heureux de retrouver leur aîné, ils espèrent qu'il va enfin s'assagir, rester quelque temps à Montbéliard, chercher un emploi et s'y établir. Mais Henri Mouhot pense différemment. Déjà, il songe à repartir.

– Et où comptes-tu aller, cette fois ? lui demande son père. Te rendre au Siam ?

– Je pense d'abord faire le tour de l'Europe avec mon daguerréotype. Après, nous verrons bien.

Charles, bien décidé à lui emboîter le pas, propose de l'accompagner dans son périple. Henri Mouhot, d'abord réticent, finit par accepter. Ensemble, les deux hommes font le projet de se rendre dans plusieurs capitales européennes et d'en rapporter un reportage photographique qu'ils exposeront ensuite dans les galeries parisiennes. Ce qu'ils vont réaliser dix mois durant, parcourant l'Allemagne, l'Italie, les Pays-Bas et la Belgique en tous sens.

Amsterdam, Bruxelles, Berlin, Hambourg, Cologne, Aix-la-Chapelle, Turin, Milan, Naples, Bari, Rome. Autant de villes traversées et de clichés photographiques parmi les premiers de cette époque de pionniers de l'image. Des cathédrales, des châteaux et des collines qui, une fois sur plaque de cuivre, ne font plus que quelques centimètres de hauteur.

Comme si, depuis qu'on était en mesure de l'emprisonner dans une petite boîte noire, le monde était devenu moins grand.

5

La nièce de Mungo Park

Ce n'est pourtant pas le cliché d'une cathédrale qui va décider de son destin, mais celui d'un visage aperçu à Florence, au soleil de midi, à l'heure où l'eau des fontaines et des bassins de pierre s'évapore en silence dans la fournaise du jour. Il s'agit d'une jeune inconnue qui le fascine autant par sa grâce que par son mystérieux sourire.

Lorsqu'il la rencontre pour la première fois, elle est assise sur un banc de pierre dans l'enceinte du cloître de l'église Santa Croce, le regard perdu dans le bleu du ciel. Ses cheveux bruns ont des reflets de cuivre et de bronze, et sa main sur laquelle repose fièrement son menton est aussi blanche qu'un lys.

Immédiatement, comme il se trouve à Florence, et qu'il vient de visiter la demeure natale de l'illustre poète, Henri Mouhot songe à la Béatrice de Dante Alighieri, et tout comme l'auteur de *La Divine Comédie*, né ici même en l'an de grâce 1265, est fasciné par cette apparition. D'ailleurs, n'est-ce pas au cœur de la plus belle cité toscane que le poète a vécu et écrit une partie de son œuvre, après *être tombé en seigneurie d'amour qui, depuis lors, n'a cessé de gouverner son âme*, suite à la rencontre à l'âge de neuf ans d'une fillette qui répondait au doux nom de Béatrice Portinari ?

Résolu à vivre ce que Dante a vécu près de six siècles plus tôt, il s'approche lentement d'elle. La jeune femme perçoit sa présence mais reste immobile, indifférente, sans même lui accorder un seul regard.

– Mademoiselle, puis-je prendre un cliché de vous ?

La jeune femme ne répond pas tout de suite. L'homme s'est exprimé en italien, mais elle a reconnu l'accent français, ce qui l'incite instinctivement à se méfier. Ceux qui ont la chance de voyager le savent, les Français ont fort mauvaise réputation hors de leurs frontières. Ils sont balourds, arrogants, pleins de morgue, donneurs de leçons, rustres, sales, sans-gêne et ne font aucun effort pour apprendre les langues étrangères.

Fort heureusement pour lui, Henri Mouhot n'apparaît pas aux yeux de la jeune femme aussi bégueule que ses compatriotes. Il lui semble même assez séduisant, bien mis de sa personne, d'agréable compagnie, et surtout il l'amuse avec son incroyable appareil. Sa méfiance fond donc comme neige au soleil.

– Pourquoi pas ?

Henri Mouhot, ravi, s'exécute. Puis, après avoir rangé son attirail, lui propose un marché :

– Si vous me donnez votre adresse, je vous enverrai le daguerréotype. Cela vous fera un souvenir de cette journée.

La jeune femme lui jette un regard désabusé.

– J'ai bien peur que cela ne soit guère réalisable. Je n'habite pas ce pays.

– Vous n'êtes donc pas italienne ?

Toujours un peu sur la réserve, elle répond du bout des lèvres :

– Non. Je suis écossaise. Et je me nomme Ann Park.

Henri Mouhot sursaute comme un animal aiguillonné. Cette jeune femme est donc une fière descendante de Walter Scott, de la race de ces peuplades de la région des lochs, des glens et des châteaux de pierres noires des Highlands, de cette terre aride mais lumineusement belle de Calédonie. D'autant que son nom lui évoque quelqu'un, un homme célèbre, et qui a eu son heure de gloire quelques décennies plus tôt, croit-il se souvenir. Ce n'est pas non plus une Béatrice. Mais peu importe qu'elle le soit ou non car lui non plus ne se prénomme pas Dante.

– C'est curieux. Vous possédez le même patronyme qu'un célèbre explorateur. Un certain Mungo Park.

La jeune femme, cette fois, tourne la tête et, tout en dévisageant pour la première fois l'inconnu, rétorque avec aplomb :

– C'est légitime. Je suis sa nièce.

Mungo Park. Le célèbre explorateur britannique. L'homme qui a accompli deux grands voyages d'exploration en Afrique et qui s'est noyé dans le Niger en 1806, à l'âge de trente-cinq ans. Or voici qu'il tombe, comme par hasard, et cela au cœur de l'une des plus belles villes du monde, sur sa nièce qui, tout comme son célèbre oncle, porte inscrites sur son visage la détermination et la fierté des êtres d'exception.

Henri Mouhot ne cache pas à la jeune femme son admiration pour cet homme disparu dans des circonstances jamais vraiment élucidées et devenu, depuis, une légende parmi les coureurs de terres et d'océans. Bien au contraire, il la lui chante sur tous les tons. Ah ! Ce fameux Mungo Park ! Déjà, le nom en impose, ce n'est pas si commun de porter le patronyme d'un personnage de roman. Tout le monde ne peut pas se vanter de porter une aussi noble identité.

Pendant les minutes qui suivent cette rencontre impromptue dans le cloître de Santa Croce, Henri Mouhot harcèle de questions la jeune femme. Il apprend qu'elle voyage seule, qu'elle a vingt-cinq ans et que c'est la première fois qu'elle visite l'Italie. Doit-elle rester longtemps à Florence ? Non, elle doit repartir le soir même pour Livourne. Et de là, embarquer à bord d'un steamer pour Edinburgh…

Henri Mouhot profite de ces confidences pour s'engouffrer dans la brèche. Au sortir de l'église, sur la place où règne une chaleur de plomb, il lance à tout hasard :

– Si nous allions boire un verre dans ce café ombragé qui nous tend les bras ?

Avant de la laisser répondre, il entraîne la jeune femme jusqu'à une table, l'invite à s'asseoir, puis commande deux orangeades bien glacées. Ensuite, après avoir vidé son verre d'un trait, il lui parle de sa vie à lui, de ses rêves, de ses désirs d'explorer des terres inconnues. Il conte aussi, entre deux projets, les exploits de Mungo Park qu'il connaît pour les avoir lus adolescent – il s'en souvient bien maintenant –, en chroniques dans une gazette.

Mungo Park, né dans le Selkirkshire en 1771, a fait des études de médecine avant de devenir chirurgien. Passionné de voyages, il se porte volontaire auprès de la Société africaine de Londres. À cette époque, l'énigme principale de l'Afrique de l'Ouest est de savoir quel est le cours exact du fleuve Niger qui, prenant sa source à quelques centaines de kilomètres de la côte, fait une boucle de 4 000 kilomètres à l'intérieur des terres avant de se jeter dans le golfe de Guinée. Fleuve mythique, décrit par Pline, Léon L'Africain et d'autres grands voyageurs, les hypothèses les plus farfelues courent à son sujet – il coulerait vers l'est selon les uns, vers l'ouest selon les autres, ou bien encore comprendrait deux fleuves distincts mais assez rapprochés pour qu'on les confonde...

Bref, tout reste à découvrir, et surtout à prouver. Mungo Park, fort de ce précepte, s'embarque le 22 mai 1795 pour la Gambie. De là, il remonte le fleuve et vit mille péripéties – il est fait prisonnier, traité en esclave, parvient à s'échapper, se perd dans le désert, manque mourir de faim et de soif, mais parvient à rejoindre la ville de Ségou, puis celle de Kamalia où il reste plusieurs jours entre la vie et la mort. Ensuite, il profite d'une caravane d'esclaves pour rejoindre la côte et s'en retourner au Royaume-Uni où il publie un récit de voyage très remarqué.

Téméraire ou inconscient, il reconduit une expédition en 1805 à Gorée, puis à Bamako où il construit un bateau pour descendre le fleuve Niger. Par malheur pour lui et ses compagnons, la maladie et la férocité des indigènes déciment un à un les membres de l'expédition, les acculant à la dernière extrémité : succomber sous les attaques des sauvages ou mourir des fièvres paludéennes. Affaibli, sur le point d'être pris, comprenant qu'il n'y a pas d'autre issue honorable pour lui, Mungo Park se jette dans le fleuve et se noie.

Ann Park sait tout cela, bien entendu, pourtant elle est médusée par la science du Français ainsi que par l'exactitude du portrait qu'il vient de faire de feu son oncle. Un portrait quelque peu hagiographique, certes, mais comment parler de Mungo Park autrement qu'en termes glorieux et héroïques ? Henri Mouhot sait qu'il vient de gagner la première manche. Ann Park tombe progressivement sous son charme. En moins de temps qu'il n'en faut pour déguster un verre d'orangeade glacée par une journée de chaleur torride sur une place de Florence, elle succombe. Décidément, ce Français ne correspond en rien à l'idée qu'elle s'était faite de ses compatriotes.

– Je ne savais pas que le nom de Mungo Park fût si connu et si respecté en France, fait-elle remarquer, flattée.

– Il l'est pourtant, et le serait davantage si, de surcroît, les Français savaient combien sa lignée est resplendissante.

Ce compliment, joliment tourné, achève de convaincre la jeune femme qu'elle est là en présence d'un authentique gentleman. Dès lors, elle sait qu'ils se reverront.

– Je dois partir, maintenant.

– Déjà ? Quel dommage !

– Puisque vous aimez les voyages, que diriez-vous de me retrouver un jour prochain à Edinburgh ?

Henri Mouhot la prend au mot :

– Je vous en fais la promesse. Je suis même prêt à partir avec vous, dès ce soir.

Ann Park, étonnée, ne sait d'abord que répondre. Puis, un sourire aux lèvres, elle demande :

– Vous plaisantez, n'est-ce pas ?

– Non. J'ai toujours rêvé de voir les Highlands.

Elle rit.

– Sans doute, mais vous ne partirez pas avec moi. Pas aujourd'hui. Vous ne feriez pas cela.

– Vous ne me connaissez pas.

Un long silence.

– À quelle heure devez-vous embarquer à Livourne ?

– À 19 heures.

– Alors à ce soir.

Puis, se souvenant soudain que son frère Charles l'attend de l'autre côté de la ville, Henri Mouhot plante là la jeune femme qui peine encore à le croire, et s'enfuit en courant à travers les ruelles de la vieille ville.

Lorsqu'il apprend la nouvelle lubie de son frère, Charles sait pertinemment que ce choix de dernière minute est une folie. Henri a tort d'agir sur un coup de tête et de suivre cette jeune et belle inconnue jusqu'en Écosse. Mais que faire pour le décider à changer d'avis ? Il semble sous le charme de cette femme, et l'amour n'a rien à voir avec la raison. Contre l'avis de Charles, il ira donc en Écosse, et dès aujourd'hui encore, car on ne vit qu'une fois. Charles, désespéré, hagard, restera donc seul à Florence.

– J'espère que tu sais ce que tu fais, Henri.

– L'avenir nous le dira…

Le soir même, à Livourne, Ann Park, incrédule, voit embarquer à bord du steamer qui doit la conduire en Écosse le jeune Français rencontré dans le cloître de l'église Santa Croce. Muni de son attirail photographique, il ne passe pas inaperçu dans la foule des voyageurs. Lorsqu'il s'approche d'elle, elle ne peut s'empêcher de lui lancer comme une pique :

– Soit vous êtes fou, soit je ne vous suis pas indifférente.

Henri Mouhot, un peu gêné, répond :

– Je crois qu'il y a un peu des deux…

Les deux jeunes gens, submergés par l'émotion, finissent par s'étreindre pour la première fois tandis que le bateau s'éloigne du port de Livourne.

Trois mois plus tard, en la cathédrale d'Edinburgh, Henri Mouhot épouse mademoiselle Ann Park selon le rite anglican.

6

La langue de Molière et celle de Shakespeare

Henri et Ann Mouhot, l'un se défiant du climat pluvieux de l'Écosse, l'autre des mœurs douteuses des Français, choisissent de s'établir sur l'île de Jersey, dans une petite maison de pierres grises posée en équilibre sur le bord de la falaise dominant la mer. Ce compromis funambulesque n'évite pas la monotonie des longs jours d'hiver, mais leur laisse croire, lors des terribles tempêtes d'équinoxe et des grandes marées, que seul le poids de leur amour empêche le vent d'emporter leur demeure dans ses spirales infernales.

Malgré la crainte quotidienne de se retrouver un beau matin voguant au large, ce qui est un très bon stimulant pour l'esprit et l'imaginaire, Henri Mouhot s'ennuie ferme sur cette île perdue entre la France et l'Angleterre où il se sent à l'étroit. Au fil des mois, il devient plus sombre et plus amer qu'il ne l'a jamais été depuis son adolescence. Il prend l'habitude de s'enfermer des journées entières dans son cabinet de travail – une pièce circulaire emplie de livres et munie de deux petits hublots, comme la cabine d'un bateau – sans jamais recevoir personne, comme au temps où il échafaudait d'improbables expéditions qui ne menaient guère plus loin que Montbéliard. Il lit et écrit sans relâche, poursuivant seul ses études d'explorateur en herbe, ce qui le coupe peu à peu du reste du monde.

Aux repas, il mange peu et converse encore moins. À peine remarque-t-il les appels désespérés et les regards éplorés que lui adresse Ann à tout bout de champ. Seule concession de sa part : le dimanche, au sortir de la messe, il accompagne sa femme pour une courte promenade le long des falaises de l'île. Puis, après être resté quelques minutes à contempler la mer, et à se demander quand leur demeure va enfin tomber de la falaise et s'enfoncer dans les eaux noires de la Manche, il retourne à son cabinet de travail et n'en sort plus jusqu'au soir.

Voyant que son union se délite, Ann, pourtant forte de caractère, comprend qu'elle ne sera jamais aussi heureuse qu'aux premiers jours dans les bras de cet homme, au temps de la dolce vita florentine, et qu'il lui faudra trouver une autre raison que l'amour pour se préserver de l'ennui. Pire, elle craint que son mari la quitte. Crainte d'autant plus justifiée qu'Henri Mouhot n'a pas abandonné ses rêves de voyages et s'imagine déjà en nouveau Mungo Park.

– J'irai sur les traces de votre oncle, annonce-t-il à sa femme un jour de décembre 1856 triste et froid, au moment où tous deux prennent le thé sur la véranda, sans songer un seul instant que cet aveu possède le parfum de la trahison.

– Que dites-vous ?

– Je désire devenir explorateur.

Ann comprend que son mari, comme tous les hommes de sa trempe, va la délaisser au profit d'une maîtresse plus exotique : l'aventure. D'ailleurs elle ne tente même pas de le retenir, préférant établir un constat d'échec plutôt que de supplier en vain un homme qui porte en lui les stigmates de l'inconstance.

– Vous venez de m'épouser et déjà vous m'abandonnez, dit-elle en se resservant une tasse de thé, le regard perdu dans l'écume des vagues qui dansent au loin.

– Je ne vous abandonne pas. Je veux simplement marcher sur les traces des grands découvreurs de ce monde. Et, pour cela, entreprendre un voyage de reconnaissance au royaume de Siam.

– Avec quel argent ? Vous n'enseignez plus guère que pour nous sauver de l'indigence. Et sans soutien financier, impossible de parcourir le monde.

Ann a raison. L'état de leurs finances est désastreux. L'argent de l'héritage des Park est parti en fumée en quelques mois, tout comme leurs sentiments. Un mariage coûteux, l'acquisition d'une demeure bourgeoise, un hiver rude, l'absence de revenus réguliers, l'entêtement et la folie d'un homme obnubilé par ses rêves d'ailleurs, il n'en faut pas plus pour mettre un jeune couple sur la paille.

– Dans ce cas, il me faut trouver un mécène.

– Qui donc serait assez généreux, ou assez fou, pour vous servir de mécène ?

– Il existe des institutions et des sociétés pour cela. Je vais leur écrire sans tarder. Et, s'il le faut, je solliciterai l'aide de l'Empereur.

Sans douter un seul instant du succès de ses projets, Henri Mouhot s'enferme dans son cabinet de travail et s'attelle à la tâche. Il rédige d'abord une première missive pour l'Académie de botanique, une seconde pour celle des sciences, puis une troisième pour Napoléon III.

– Je sais qu'en Asie il existe des espèces animales et végétales inconnues en Europe. Si je ramenais certaines d'entre elles, je serais reconnu par la communauté des scientifiques et inscrirais mon nom dans l'Histoire, déclare-t-il le soir même, au dîner.

Sa femme, plus lucide, rétorque :

– Même si vous êtes curieux de tout, vous n'êtes pas savant, que je sache.

C'est la vérité. Mais il en faut plus pour déstabiliser un homme de la trempe d'Henri Mouhot.

– Par amour pour vous, je le deviendrai.

Comme l'espérait Ann, les premières demandes de mécénat se soldent par un échec. L'Académie des sciences n'octroie ses subsides qu'à des savants de renom, des professeurs possédant des chaires universitaires, des hommes ayant déjà fait leurs preuves dans le domaine des découvertes scientifiques. Quant à Napoléon III, ce Badinguet plein de morgue et de suffisance, il ne lui accorde pas même le privilège de voyager gratuitement sur l'un des navires de sa flotte, car il n'a cure de cet homme qu'il sait uni à une Britannique et apparente à un traître à la patrie.

– Qu'il aille demander l'aumône aux Anglais, puisqu'il l'est à moitié ! a-t-il fait répondre par l'entremise de son secrétaire.

La décision impériale est rapportée aux oreilles du solliciteur qui, lui, ne s'en offusque guère. L'idée fait même son chemin dans le cerveau d'Henri Mouhot.

– L'Empereur a raison. Les Britanniques, voilà la solution.

C'est ainsi que, quelques jours plus tard, il envoie une nouvelle demande auprès des sociétés de géographie et de zoologie de Londres.

Contre toute attente, la réponse s'avère positive. L'aventurier, doublé d'un nouveau statut de scientifique patenté, aveuglé par son orgueil, ne doute pas un seul instant que ce succès, il le doit essentiellement à son seul talent ainsi qu'à l'importance de son projet. Jamais ne lui vient à l'esprit que son union avec la nièce du célèbre Mungo Park, argument de taille auprès des sociétaires de l'institution londonienne, a pesé lourd dans la balance au moment du vote.

Le Français, malgré tout, a vu juste. Il va donc partir, et cela grâce aux Anglais ! Il ne cesse alors de s'emporter contre Napoléon le Petit et de glorifier les Britanniques.

Un matin, il confie même à sa femme, un peu surprise par ce revirement soudain de patriotisme :

– Nos amis les Anglais, en termes d'expansion géographique, sont autrement plus téméraires que les Français.

Après cela, il ne faut pas s'étonner si la moitié du monde s'exprime dans la langue de Shakespeare, tandis que celle de Molière s'érode chaque jour davantage !

– Je ne savais pas, mon cher, que vous étiez devenu à ce point anglophile, lui rétorque-t-elle du tac au tac.

Henri Mouhot, peu enclin à se démonter, a alors cette repartie :

– Ma chère, je ne suis ni francophile ni anglophile, simplement je sais retourner ma veste quand le sens du vent l'exige...

7

Teinopalpus aureus ou papillon de Siam

Burlington House. Vaste et luxueuse demeure victorienne en pierres de taille que ce palais du centre de Londres où se retrouvent les membres de l'Académie royale des sciences de la Couronne britannique. C'est là qu'est reçu Henri Mouhot en ce mois d'octobre de l'année 1857, dans le bureau de William Parsons, troisième comte de Rosse, président de l'Académie et décideur de la Commission des Fonds royaux.

Ce dernier, contrairement à l'image que l'inconscient collectif peut se faire d'un lord anglais, n'est ni austère, ni sec, ni maniéré, et encore moins flegmatique. Il ne toise pas son interlocuteur, mais lui sourit avec sincérité et bonhomie. Il lui serre la main à la broyer, avec une force herculéenne, une poigne de marin.

– C'est donc à vous que je dois de voir ma demande acceptée, lui demande Henri Mouhot. Comment vous remercier ?

– C'est bien simple, monsieur. En menant à bien votre mission.

– Cela, je peux vous le promettre.

– Très bien. Quand comptez-vous partir ?

– Dès que possible.

– C'est-à-dire ?

– Au printemps, le temps de préparer au mieux mon voyage.

– C'est d'accord. Vous comptez donc vous rendre au Siam, n'est-ce pas ? Dites-m'en davantage sur ce pays.

Tandis qu'Henri Mouhot se laisse emporter par ses projets qu'il expose d'une voix assurée et enthousiaste à lord Rosse, le président de l'Académie écoute avec bienveillance la diatribe de l'homme qui a eu l'heur d'épouser la nièce de Mungo Park – en voilà un d'aventurier, et d'une telle trempe que bien des années après sa disparition, son ombre hante toujours les murs de ce palais ! – il écoute et surtout il entend Henri Mouhot, persuadé qu'il tient là un spécimen unique d'Homo aventuris.

Tout au long de l'entretien, il contemple avec une curiosité non feinte cet homme résolu à braver les pires dangers, prêt à traverser des océans et des mers en furie, à endurer la faim, la soif, les maladies et les fièvres, et peut-être la mort, tout cela pour un peu de gloire.

Lord Rosse, à sa manière, est aussi un voyageur, mais d'une autre espèce. Lui, c'est l'espace qui constitue son domaine. Riche astronome irlandais, il a fait construire à ses frais un gigantesque télescope de type réflecteur, mesurant 183 centimètres de diamètre pour 17 mètres de focale – une taille gigantesque pour l'époque. L'appareil, qui porte le nom de Léviathan de Parsonstown, lui a permis de faire de nombreuses découvertes célestes. Ainsi lui doit-on la dénomination de la nébuleuse du Crabe, les premiers dessins des galaxies, notamment la structure des galaxies spirales. Ce qui lui a valu les honneurs de ses confrères en général, la considération du peuple britannique en particulier, et ce poste de président de l'Académie où, en plus de la chaire d'astronomie qui lui revient de droit, il gère la Commission des dépenses des fonds royaux pour les travaux, expéditions et études scientifiques de la Couronne.

Lord Rosse est donc lui aussi un aventurier, fasciné par les découvertes quelles qu'elles soient. À la condition de contribuer au progrès de la science et à la gloire de la Grande-Bretagne. Aussi, lorsque Henri Mouhot a terminé son exposé, désireux de calmer un tant soit peu l'élan et la fougue du Français, il intervient :

– Si Sa Majesté accepte de financer votre expédition dans les terres de Siam, ce n'est pas seulement pour collecter des informations sur ce pays, pour ramener des échantillons d'insectes ou de coquillages, ou encore entretenir je ne sais quelle relation cordiale avec les autochtones, même si toutes ces initiatives sont très louables. C'est avant tout pour une raison scientifique précise.

Un long silence pendant lequel chacun des deux hommes retient son souffle. Enfin le timbre clair de la voix de lord Rosse retentit dans la pièce :

– Un de mes plus chers collègues, John Prescott, naturaliste de son état et spécialiste des lépidoptères, m'a rapporté il y a peu qu'il manquait à la collection royale une pièce rare...

Henri Mouhot, soudain vivement intéressé par la tournure de la conversation, ouvre de grands yeux.

– Une pièce rare, dites-vous ?

– Oui. Tout ce qu'il y a de plus rare. Un papillon si rare qu'il n'a jamais été capturé à ce jour.

Heureux de son effet, un air de conspirateur gravé sur le visage, lord Rosse se lève alors prestement de son fauteuil et se dirige vers la bibliothèque en acajou située sur le pan de mur opposé. Là, après quelques instants de recherche, il se saisit d'un imposant ouvrage relié de cuir noir, revient vers son bureau en trottinant et ouvre l'objet face à son interlocuteur. Devant les yeux ébahis du Français s'étalent les croquis de trois sortes de papillons.

– Le premier est un *Papilio machaon* d'Afrique du Nord, aux ailes bleu, marron et jaune, trouvé dans le désert libyen, l'un des endroits les plus chauds et les plus secs au monde. Voyez comme il est majestueux !...

Henri Mouhot n'en croit pas ses yeux.

– Il est tout simplement admirable !

– Le second, qu'un correspondant de l'Académie nous a envoyé des îles Salomon, est un *Hecuba* aux larges ailes vert émeraude.

– Il est magnifique !

Lord Rosse, un large sourire aux lèvres, dévoile alors le clou de sa collection avec une joie non feinte :

– Quant au troisième, le voici ! De taille gigantesque,

aux couleurs mêlées d'or, de bleu et de vert, c'est une variété nouvelle et inconnue… véritable merveille de la nature… Il s'agit du *Teinopalpus aureus*, ou papillon de Siam.

Comme Henri Mouhot reste sans voix devant le croquis aux couleurs chatoyantes, ce mélange de soleil, de ciel et de mer, lord Rosse continue d'une voix de confidence :

– Le papillon de Siam, outre sa beauté, a la particularité d'être l'un des lépidoptères les plus recherchés. Comme je vous le disais, on le trouve aux royaumes de Siam, de Laos et de Cambodge, où pour quelque obscure raison cette espèce est protégée et le commerce interdit. L'Académie royale de Londres serait fort aise d'en obtenir un exemplaire, qui serait alors unique au monde. Voilà un cadeau qui, je présume, ravirait Sa Majesté.

– D'où l'intérêt de ce voyage.

– Exactement.

Un temps. Puis cet aveu du Français :

– Pourquoi votre collègue naturaliste ne va-t-il pas le chercher lui-même ?

– Mr Prescott ? C'est un scientifique, et non un explorateur. D'autant qu'entreprendre une telle expédition à son âge serait de la folie. Il a près de quarante-sept ans.

Lord Rosse esquisse un sourire bienveillant et ajoute d'un ton flatteur :

– Surtout, il n'a pas votre allure, ni votre tempérament, cela se voit au premier coup d'œil !

– Cela me semble plus sage, en effet, que je m'y rende moi-même… Mais pourquoi cette espèce est-elle interdite ?

– Je n'en sais rien. À vous de l'apprendre sur place.

– Très bien. Je tâcherai d'élucider ce mystère…

– Je crois que vous y parviendrez, monsieur Mouhot.

– Merci de la confiance que vous me portez. Une dernière question, cependant… Et si je ne parvenais pas à le capturer, ce fameux spécimen ?

Lord Rosse, jovial et débonnaire, répond du tac au tac :

– Vous y parviendrez, j'en suis certain. N'oubliez pas que les missions anglaises n'échouent jamais !

8

Un certain Jean-Baptiste Pallegoix

Le 27 avril 1858, Henri Mouhot entreprend enfin son voyage en terre de Siam, conscient que cette aventure va modifier profondément le cours de sa vie.

Sur le quai du port de Londres, quelques officiels de la Couronne britannique sont venus saluer son départ vers l'inconnu. Il y a là bien entendu lord Rosse, suivi de quelques membres éminents de l'Académie royale des sciences. L'un d'eux n'est autre que John Prescott, le naturaliste qui aimerait tant compléter la collection de Sa Majesté par un spécimen de *Teinopalpus aureus*.

Lord Rosse s'avance alors vers le Français et, pointant le bout de sa canne sur sa poitrine, lui prodigue les derniers conseils :

– Voyagez sans relâche. Relatez chaque jour dans votre journal de bord ce que vous avez vu, découvert, collecté. Mais n'oubliez jamais le but de cette mission : le papillon de Siam.

– Je ne l'oublierai pas.

C'est alors au tour de Mr Prescott, un petit homme sautillant et jovial, de prendre la parole :

– Je suis certain, monsieur Mouhot, que vous finirez par le trouver, ce fameux lépidoptère…

– Je l'espère aussi. Sinon, tout ce voyage financé par votre Académie ne servirait à rien.

– Vous faites erreur, monsieur Mouhot. Aucun voyage, depuis des temps immémoriaux, ne s'est jamais révélé inutile. On en retire toujours quelque enseignement scientifique. Cela s'appelle le progrès. Ce qui élève l'âme et éloigne un peu plus chaque jour l'espèce humaine de l'ignorance et de la bêtise dans lesquelles elle patauge avec délices depuis toujours…

– Vous avez raison, mister Prescott, répond le voyageur, visiblement impressionné par le poids des paroles du petit naturaliste. Je tâcherai de m'en souvenir, le jour où le courage me fera défaut…

Un long silence, une poignée de main franche, puis lord Rosse intervient à nouveau :

– Très bien, monsieur Mouhot. Il ne nous reste plus qu'à vous souhaiter bon vent.

C'est alors au tour d'Ann Mouhot de surgir de la foule des anonymes et de se planter devant le héros du jour. Elle semble déterminée, et pourtant si lasse. Elle n'est pas triste, mais simplement résignée. Elle n'est pas belle, elle est resplendissante. Elle porte une robe de mousseline verte qui se confond avec la couleur de la mer. Elle sent son cœur se briser lorsqu'elle serre dans ses bras le corps noueux de son mari, lorsqu'elle respire une dernière fois son parfum de musc.

– Je vous promets que je n'échouerai pas dans cette mission, et que je reviendrai couvert de gloire, lui confie-t-il en lui caressant la joue avec tendresse.

Ann, en un geste de fierté, retient sa main, se dégage de son étreinte et a cette réponse inattendue, mais toute féminine :

– Ne me promettez rien. Excepté le fait de revenir vivant.

Elle lui assène alors :

– Lorsque vous reviendrez, je ne serai plus à Jersey, mais à Edinburgh.

Comme Henri Mouhot reste silencieux, le visage crispé, elle ajoute :

– J'ai donné l'ordre de mettre la maison en vente. Je crois que cela vaut mieux. L'Écosse me manque. J'y ai de la famille, des habitudes. Il me sera plus facile de vous y attendre que dans une demeure menaçant chaque jour de tomber dans la mer.

L'intéressé déglutit et hoche la tête en signe d'assentiment.

– Je comprends.

– Non, vous ne comprenez rien, mais cela ne change rien à l'affaire. Je ne peux vous empêcher de réaliser ce pour quoi vous êtes fait. J'ai cru que nous serions heureux ensemble. Je me suis trompée, c'est tout.

– Ann, l'implore-t-il, tentant de la retenir par la main.

Mais déjà elle a dégagé son bras et a reculé de quelques

pas, bientôt engloutie par la foule qui commence à montrer des signes d'impatience.

– Tout le monde à bord ! s'écrie soudain le capitaine.

Le voyageur, un peu hagard, rejoint la passerelle du bateau et embarque sur le *Kusrovie*. À terre, on largue déjà les amarres.

Lorsque le quai ne devient qu'un point à l'horizon, et qu'il n'est plus en mesure de distinguer qui que ce soit, Henri Mouhot éprouve un sentiment étrange, mêlé de nostalgie, de solitude profonde et de totale liberté. Désormais, s'il est maître de son destin et navigue vers un rêve enfin devenu accessible, il est aussi seul au monde.

La traversée est longue, fastidieuse, épuisante. D'abord parce qu'il faut près de six mois de navigation pour parvenir à l'autre bout du monde, sans jamais avoir l'assurance d'y arriver vivant. Ensuite parce que le capitaine du *Kusrovie*, un ivrogne de la plus belle espèce, est la plupart du temps si soûl qu'il se trompe de cap, manquant à plusieurs reprises se perdre au hasard de l'océan, menaçant de jeter par-dessus bord les fâcheux qui osent le contredire, pestant et maugréant contre ses hommes, quand il ne vomit pas tripes et boyaux par-dessus le bastingage.

Pendant le voyage, trois marins contractent le scorbut, deux sont pris de fièvres, et un autre meurt accidentellement, écrasé par la chute d'un tonneau de whisky. Le capitaine, avec un sens de l'à-propos qui dépasse l'entendement du simple mortel, lui organise de grandioses funérailles, jette son corps à la mer en faisant sonner le clairon, puis fait mettre en perce le tonneau incriminé et se soûle abominablement pendant deux jours avec une partie de l'équipage.

À bord, Henri Mouhot se lie d'amitié avec deux personnages singuliers qui, comme lui, désapprouvent ce comportement peu digne d'un officier de la marine anglaise. Eux aussi partent pour l'inconnu. Le premier, un certain Adrian Bremner, est un habitant de Nottingham qui se rend en Chine afin d'y faire commerce. Il n'a guère plus d'une vingtaine d'années, et possède dans le regard l'étincelle de l'aventure. Le second est un médecin nommé Alastair Canterbury, désireux d'offrir sa science à l'empereur du Cambodge et qui, selon ses dires, devrait revenir en Europe couvert d'or et de gloire.

Aux premiers jours de septembre 1858, le navire parvient enfin à destination. Bangkok et son archipel d'îlots, ses murs de pierres chauffées au soleil, ses maisons et ses boutiques flottantes, ses jardins et sa végétation tropicale, ses palais royaux et sa vie lacustre qui en font, comme le diront plus tard d'autres voyageurs, *la Venise de l'Orient*.

Lorsqu'il arrive à l'embouchure du Menam, Henri Mouhot se sent un peu déboussolé, ce qu'il découvre ne ressemble en rien à ce qu'il avait imaginé. Foin du calme et de la sérénité. Toute cette agitation, ces gens qui parlent dans une langue incompréhensible, ces odeurs entêtantes, ces regards qui le fuient lui donnent le vertige. Il doit s'asseoir à terre pour ne pas s'évanouir.

Muni de la seule adresse qu'il possède, et qui est celle de l'un de ses compatriotes, il se met en quête de la demeure de la mission française.

– Où puis-je trouver Mgr Jean-Baptiste Pallegoix ? demande-t-il au gouverneur de la ville lorsque le bateau jette l'ancre.

Ce dernier, après avoir visé ses papiers et permis au voyageur de poursuivre sa route en lui délivrant une autorisation de circuler dans le pays, indique la flèche de la mission française de Bangkok. Une cathédrale émergeant d'une forêt tropicale, de pagodes et de temples, de l'autre côté du fleuve.

– Suivez la croix et vous parviendrez au but. Vous ne pouvez pas vous tromper. Il n'y a qu'un seul édifice semblable à Bangkok.

Un peu plus tard, le voyageur débarque devant la mission française où l'attend l'homme qui a contribué, par le récit détaillé qu'il en a fait dans son livre, à inciter Henri Mouhot à se rendre au Siam.

Mgr Pallegoix, malgré ses fonctions et sa stature d'homme d'Église, est loin d'être un personnage inaccessible. C'est d'ailleurs le seul missionnaire installé de longue date à Bangkok, et qui a ses entrées au palais royal. Il est un atout précieux pour tout étranger pénétrant pour la première fois dans le royaume de Siam.

Lorsqu'il reçoit son compatriote dans sa petite cathédrale

posée sur la rive du Menam, c'est avec une joie non dissimulée. Pour lui, chaque visite d'un Européen, qui plus est d'un Français, est une fête.

– Je suis ravi, monsieur Mouhot, de vous accueillir dans ma modeste demeure… qui n'est autre que celle de Dieu en terre de Siam.

– Et moi, Votre Éminence, je suis heureux de rencontrer enfin l'auteur des lignes qui m'ont conduit à changer un rêve en réalité.

– C'est le Seigneur qui est responsable de tout, je ne suis que l'un de ses nombreux rouages sur cette terre…

Les deux hommes, debout l'un en face de l'autre, se jaugent mutuellement. Jean-Baptiste Pallegoix est un peu plus petit qu'Henri Mouhot, un peu plus sec aussi, mais son regard acéré respire l'intelligence et la probité.

L'archevêque de Bangkok, à n'en point douter, est tout à la fois un ecclésiastique conscient de l'immense pouvoir de sa charge et un homme d'une parfaite humilité. Un religieux mesuré que l'évangélisation des peuplades autochtones et le prosélytisme forcené de certains de ses confrères n'ont jamais poussé sur les chemins du fanatisme et de la déraison. Il admet avec sagesse qu'on puisse penser et croire différemment de lui, il refuse seulement les limbes de l'ignorance, de la bêtise et du paganisme. Et il aime profondément ce pays et ses habitants. Voilà pourquoi il a consacré la majeure partie de sa vie à l'éducation spirituelle des enfants du royaume de Siam.

– Vous verrez, ce pays est une mine d'or à ciel ouvert. À

condition de savoir ce qu'on y cherche, confie l'archevêque au voyageur tout en partageant avec lui son déjeuner dans le patio de la mission.

Sur la table, un repas fruste, quelques fruits, une écuelle de riz accompagné de morceaux d'ananas saupoudrés d'épices, une assiette de piments, et un peu d'eau fraîche parfumée de citron. Henri Mouhot, affamé, engloutit en quelques secondes le repas préparé à son intention puis, tout en s'étonnant de ce mélange sucré-salé qu'il découvre, confie entre deux bouchées :

– Je vous crois sur parole. Tout semble plaisant en ces lieux bénis. La végétation, le calme, la douceur du climat… Jusqu'à ce plat qui est un pur délice !

– C'est parce que tout cela est nouveau pour vous. L'attrait de la nouveauté a le pouvoir de rendre exceptionnel ce qui est simple aux yeux de beaucoup d'autres. Et ce pays est habité par des gens simples. Vous vous en rendrez vite compte.

Un silence. Puis cette question qui tombe comme un couperet :

– Pour quelle raison êtes-vous ici, monsieur Mouhot ?

Le voyageur lève la tête de son assiette et adresse à son hôte un regard rempli d'étonnement.

– Je suis en mission pour l'Académie royale de Londres.

– Une mission ? De quel genre ?

– Voyez-vous, Votre Éminence, je suis chargé par cette glorieuse institution de collecter des espèces nouvelles d'insectes et de coquillages. Notamment un papillon qu'on ne trouve qu'en ces contrées : le *Teinopalpus aureus*, ou papillon de Siam.

À ces mots, Mgr Pallegoix lève les bras au ciel et s'écrie :

– Mon Dieu ! Savez-vous que le roi a protégé cette espèce d'une extrême rareté ?…

– Je le sais.

Le religieux crucifie d'un regard ce jeune sot qui ne doute de rien et assène :

– … et que, l'année dernière, il n'a pas hésité à châtier deux malheureux qui en avaient fait commerce ?

Le voyageur reste interdit quelques instants. Puis, se reprenant, il tranche :

– Dans ce cas, le roi ne doit rien savoir de tout cela. Aussi lui parlerez-vous d'un explorateur géographe et non d'un collectionneur de lépidoptères.

– Il va de soi que je ne dirai rien, répond aussitôt Mgr Pallegoix. Mais permettez-moi de vous dire que vous jouez avec le feu. Je n'ose imaginer ce qu'il pourrait advenir de vous si on vous trouvait en possession d'un papillon de Siam.

Henri Mouhot, plus lucide que jamais, conclut :

– N'imaginez rien, et aidez-moi plutôt à trouver ce spécimen.

9

Roi et mandarins

Pendant tout un mois, Henri Mouhot demeure à la mission française de Bangkok. Durant ce laps de temps qu'il met à profit pour prendre un peu de repos et préparer sa première expédition, Mgr Pallegoix prie le Ciel afin de le faire renoncer à la capture du lépidoptère sacré, projet qu'il qualifie de folie. Il lui présente les coutumes atroces et sanguinaires du pays, lui conte par le menu les châtiments corporels qu'on inflige aux criminels, l'arbitraire, les sévices que l'on fait subir à ceux qui ne respectent pas la loi, les mille dangers de braver et d'offenser le roi.

– Le Seigneur n'a-t-Il pas créé assez d'insectes et de lépidoptères pour vouloir vous emparer d'une espèce interdite ?

– Hélas ! C'est justement celle-là qu'il me faut rapporter en Europe.

Mgr Pallegoix, rusé, détourne le fil de la conversation :

– Savez-vous qu'un tiers de la population de ce royaume vit dans l'esclavage ?

– Quel pays ne connaît pas un tel joug ? Même dans la Russie des tsars, j'ai été témoin de ce despotisme.

– Et qu'à chaque fondation d'une nouvelle porte dans la cité, le roi de Siam ordonne qu'on l'arrose du sang de trois innocents choisis au hasard, afin qu'ils en deviennent les gardiens éternels ?

– Non, je ne le savais pas…

– Il se pourrait bien qu'à votre tour, si d'aventure on vous trouvait en possession d'un de ces fameux lépidoptères, vous deveniez l'un de ces esclaves ou de ces génies…

– Dans ce cas, rétorque Henri Mouhot, même dans l'au-delà ou rampant devant le roi de Siam, je serais utile à quelque chose.

Mgr Pallegoix a beau se récrier à chacun de ces propos qu'il juge insensés, l'explorateur ne consent pas à changer ses plans d'un iota.

Le roi de Siam, justement, vient d'apprendre qu'un nouvel étranger est arrivé en ville et il le fait mander à la Cour. Un talapoin apporte le message royal jusque dans la cathédrale. Sa Majesté les attend tous deux, le lendemain, à 11 heures. Une invitation qui ne saurait souffrir ni annulation ni aucun retard.

C'est donc accompagné de Mgr Pallegoix, habitué des lieux, que le voyageur pénètre pour la première fois dans l'enceinte du Palais, une large cour pavée de marbre et ceinturée de hautes murailles de pierres à l'intérieur desquelles s'élèvent plusieurs édifices ornés de dorures et de peintures colorées. Parmi eux, la grande salle où le Roi donne ses audiences.

Lorsque les deux hommes entrent dans le vaste édifice, le roi de Siam les attend, assis sur un trône majestueux surmonté d'un dais de sept étages. Derrière lui, deux statues de Bouddha, l'une en or massif, l'autre en émeraude, donnent au décor un aspect théâtral. Tout autour de la pièce, prosternés face contre terre, une centaine de mandarins psalmodient des prières.

Le Roi, déjà âgé, le visage émacié et les tempes grisonnantes sous son calot de cuir, est vêtu d'une étoffe légère de couleur brune. Il tient dans la main droite le sceptre surmonté d'un rubis brillant de mille feux, et porte à son flanc gauche un sabre à lame d'argent dont le pommeau, serti de dizaines de pierres précieuses, donne la dimension de sa richesse et de sa puissance.

Le Roi lève la main et, aussitôt, les mandarins cessent leur litanie.

– Approchez, nobles étrangers, dit le Roi sur un ton qui se veut tout à la fois rassurant et autoritaire.

Les deux hommes, suivant l'injonction du monarque, s'avancent jusqu'au trône où Mgr Pallegoix, inclinant le buste et baissant les yeux, introduit le nouvel arrivant :

– Votre Majesté, permettez-moi de vous présenter l'un de mes compatriotes, M. Henri Mouhot, géographe et explorateur, qui vient d'arriver dans votre royaume il y a quelques jours.

L'intéressé s'incline à son tour. Le roi de Siam le dévisage quelques secondes, puis le questionne :

– C'est donc vous, le jeune Français dont toute la ville parle ?

Le voyageur, un peu surpris, relève la tête et répond :

– Votre Majesté, je ne savais pas que j'étais un tel sujet de conversation.

– Ici, tout se sait très vite. Et un étranger, même dans une ville comme Bangkok, ne passe pas longtemps inaperçu. Il paraît, m'a-t-on rapporté, que vous projetez un voyage à l'intérieur du pays. Que comptez-vous y faire, monsieur Mouhot ?

Cette fois, le roi de Siam vient de tendre un piège au visiteur. Il sait quelque chose, c'est évident. Mgr Pallegoix, qui l'a compris, montre des signes d'inquiétude. Il déglutit à plusieurs reprises, et à son front perlent quelques gouttes de sueur. Que va répondre Henri Mouhot ? Si le religieux pouvait parler à sa place, il saurait trouver les mots qu'il faut pour rassurer le Roi. Mais il ne peut décemment le faire.

Fort heureusement pour lui, le Français ne se démonte pas. Mieux que cela, il ment avec aplomb :

– Votre Majesté, je viens dans votre beau pays afin d'établir une carte géographique de vos contrées, avec ce qu'elles comportent de reliefs, de lacs et de rivières. Voilà toute l'audace de mon projet, et la raison de mon voyage ici même.

Les mandarins, à qui l'un d'eux vient de traduire les propos du Français, hochent la tête en signe d'assentiment. Le Roi reprend :

– Une carte géographique, dites-vous ? Vous n'êtes donc pas naturaliste ?

– Je suis naturaliste par curiosité. Mais je suis avant tout un explorateur qui cherche à collecter des données.

– Un explorateur qui collecte des insectes, j'appelle cela un naturaliste…

Au lieu d'éluder, Henri Mouhot choisit de faire face :

– Il est vrai, Votre Majesté, que parfois il m'arrive de déborder du cadre de mes recherches, et de collecter certaines espèces – coquillages, plantes, insectes. Mais loin de moi l'idée d'enfreindre vos lois. Je sais que quelques-unes sont sacrées dans votre royaume, notamment parmi les lépidoptères. Aussi me contenterai-je de celles qui ne sont pas frappées d'interdit.

Le culot du Français semble payant. Sans avoir une seule fois nommé l'espèce en question chacun sait très bien quel est le sujet évoqué. Le monarque, amusé par le talent oratoire de son interlocuteur, esquisse même un léger sourire avant de conclure :

– Très bien. Dans ce cas, monsieur Mouhot, il ne me reste plus qu'à vous souhaiter un bon et agréable séjour en mon royaume.

Un peu plus tard, dans la jonque qui les ramène vers la cathédrale de la mission française, Mgr Pallegoix, soucieux, ne peut s'empêcher de faire remarquer à son compatriote qu'il a pris un risque énorme en mentant de la sorte au monarque.

– Avez-vous compris que le roi de Siam a des espions partout, qu'ici les murs ont des oreilles, et qu'on ne peut décemment lui cacher longtemps quelque chose ?

– Je l'ai compris.

– Et malgré cela, vous lui contez des calembredaines ?

– Je ne pouvais décemment lui dire la vérité. Et puis je n'ai menti que par omission. Je compte bien établir une carte géographique des contrées que je vais traverser.

– Peut-être, mais que croyez-vous qu'il arrivera lorsque le Roi apprendra que vous êtes en possession d'un papillon de Siam et que vous vous êtes moqué de lui ?

– Il sera en colère.

– C'est certain. Et il vous punira pour votre outrecuidance, s'il ne vous fait pas mettre à mort sur-le-champ.

– Ce jour-là n'est pas encore arrivé. Et s'il survient, j'espère être déjà loin d'ici, sur un navire voguant pour l'Europe.

– Je vous le souhaite, mon jeune ami, du plus profond du cœur...

Un long silence, puis cette question adressée par le voyageur à l'archevêque désemparé par l'entêtement de son compatriote :

– Savez-vous, Votre Éminence, pour quelle raison le papillon de Siam est sacré ?

Mgr Pallegoix soupire longuement, puis, contemplant

tour à tour les haies de bambou qui bordent le fleuve et l'horizon où se dessine la cathédrale de la mission française, livre comme à regret :

– Dans ce royaume, voyez-vous, il existe des croyances tenaces, souvent issues de légendes, mais auxquelles chacun adhère avec ferveur et qui ont un grand poids sur la vie quotidienne des habitants. L'une d'elles dit que lorsque, il y a très longtemps de cela, le premier roi de ce pays a rendu son dernier souffle, au moment précis où sa vie s'est éteinte, un papillon de Siam s'est posé sur son front. Léger, il est resté ainsi quelques secondes immobile, puis a fini par s'envoler dans le ciel pour ne plus jamais reparaître. De là à croire, pour les proches qui le veillaient, que l'âme du défunt venait de prendre l'apparence d'un papillon, il n'y avait qu'un pas qu'ils ont franchi avec allégresse.

– Une belle histoire, ne peut s'empêcher de faire remarquer Henri Mouhot.

– Oui, très belle. Aussi comprendrez-vous aisément le caractère sacré de cette espèce. Vous en emparer serait vécu comme un sacrilège par l'actuel roi de Siam. C'est comme si vous capturiez dans un vulgaire filet à papillons l'âme de son aïeul. Quelque chose d'impensable dans ce pays.

Henri Mouhot, silencieux, réfléchit quelques instants. Puis il annonce d'une voix ferme ·

– Et pourtant, je dois remplir cette mission, quel que soit le prix à payer !

Cette fois, l'archevêque est désespéré. Il ne comprend

plus cet homme qui va à une mort certaine. Il reste bouche bée un instant, avant de poser une ultime question cruciale :

– Malgré le danger que vous courez, vous voulez toujours risquer votre vie pour un papillon ?

– Oui, je le veux.

– Alors vous êtes un homme perdu, monsieur Mouhot, et je ne peux plus rien pour vous.

10

Le scarabée aux élytres d'or

Au mois d'octobre 1858, comme il l'avait annoncé à Mgr Pallegoix réticent, Henri Mouhot quitte la mission française pour un premier voyage d'exploration dans les territoires du Nord. Ce périple, qu'il veut de courte durée, constitue une première approche du pays avant de s'enfoncer plus loin et plus longtemps à l'intérieur des terres.

Ayant fait l'acquisition d'une petite barque assez vaste pour supporter le poids de trois hommes, il choisit de remonter le cours du Menam jusqu'à Ajuthia, la seconde ville du royaume. De là, il poursuivra vers le nord jusqu'à la ville de Patawi, avant de s'en revenir à Bangkok.

Grâce aux relations qu'il a pu nouer avec quelques habitués de la mission française, il a engagé deux domestiques, l'un cambodgien, l'autre annamite, chrétiens tous deux, et qui lui serviront à la fois de rameurs, de guides et de cuisiniers. Un mélange de siamois, de latin et d'anglais, véritable sabir inventé pour l'occasion, leur permettra de se comprendre.

En guise d'adieu, et malgré le différend qui les oppose

sur le but d'un tel voyage, Mgr Pallegoix offre à son hôte un fusil pour la chasse ainsi que quelques munitions. En retour, Henri Mouhot lui fait présent d'un objet rare et précieux au Siam : un service à café en porcelaine de Saxe.

Au religieux qui s'inquiète pour lui, l'explorateur répond simplement :

– Tout ira bien.

Le 19 octobre, Henri Mouhot, accompagné de ses deux domestiques, quitte Bangkok et remonte le fleuve jusqu'à la ville d'Ajuthia, où il parvient le 23.

Ajuthia et ses ruines recèlent d'inépuisables trésors. Temples, statues de Bouddha, pyramide sacrée, nombreux vestiges de la glorieuse cité que le roi U-Tong, en 1530, choisit comme capitale du royaume, formant une dynastie qui allait donner trente-trois rois, avant de tomber en 1767 sous le joug des Birmans.

Autour des ruines de la vieille ville, Henri Mouhot fait collection de nombreux insectes, coquillages et papillons multicolores. Il trouve même un spécimen d'araignée capable de produire de la soie – en saisissant entre ses doigts le fil ténu qui lui sort du corps, on peut le dévider sans jamais le rompre. Mais, pour l'heure, nulle trace du fameux papillon de Siam.

Ensuite, s'il fallait donner un catalogue assez précis des observations du voyageur, ou un extrait de son journal de bord sur ce premier et bref séjour à l'intérieur du pays, ce pourrait être celui-là.

« À Arajiek, j'ai chassé des écureuils blancs dont la chair est fort goûteuse, et j'ai été assailli, la nuit, par le cri perçant des nuées de cigales qui infestent cette région. Le lendemain, le mandarin du village, honoré par la présence d'un étranger en ces lieux reculés, nous a offert un déjeuner composé de riz, de poisson frais et de bananes. Je lui ai demandé s'il n'y avait jamais eu, dans cette région, trace du papillon de Siam. Je n'ai pas obtenu de réponse de sa part.

Au mont Phrabat, où vit le prince de la montagne, qui a fait vœu de pauvreté mais ne sort jamais de son monastère qu'en palanquin porté par des pages et escorté d'une nuée de jouvencelles, j'ai découvert que les dignitaires du pays ne suivaient pas toujours les préceptes qu'ils donnaient aux autres.

Par l'intermédiaire de mes guides, j'ai interrogé les villageois qui vivent non loin du monastère au sujet du Teinopalpus aureus. *Pas de trace, là non plus, de mon fameux papillon. Par contre, non loin du temple où est conservé l'empreinte du pied de Bouddha, qu'on nomme ici* Samonakodom, *véritable lieu de culte pour les Siamois, j'ai trouvé des empreintes d'éléphant et de tigre.*

Dans le district de Pakpriau, où les forêts sont infestées de léopards et de chats-tigres, et où les populations paient aux fauves un lourd tribut chaque année, le papillon de Siam demeure introuvable.

À Patawi, j'ai entendu parler d'une variété d'arbre à caoutchouc qui pousse non loin de là, dont les habitants négligent la gomme, ne sachant pas qu'elle pourrait faire leur fortune. Mais nul ici n'a jamais vu un Teinopaplus aureus, *malgré les croquis que j'ai pu montrer aux habitants.*

Par chance, j'ai fait la découverte d'un curieux scarabée aux élytres d'or, une variété qui me semble inconnue en Europe. Je suis certain qu'à défaut de papillon, cette première découverte d'importance ravira les membres de l'Académie royale.

Miracle. Lors de mon dernier jour en ces lieux, j'ai enfin appris, par la bouche d'un commerçant, que le papillon de Siam n'est pas qu'une légende. Après avoir examiné mon croquis, l'homme m'a confié avoir déjà aperçu un tel spécimen. Ce n'était pas ici, mais plus à l'est, dans la jungle du Cambodge, à dix jours de marche en direction du fleuve Mékong.

Inutile de préciser que je compte m'y rendre dès que possible. »

Après plusieurs semaines d'errance, et fort de cette précieuse information, Henri Mouhot décide de mettre un terme à sa première expédition et de rentrer à Bangkok. Cette fois, il ne logera pas chez Mgr Pallegoix, pour ne pas éveiller les soupçons du Roi, mais chez le consul du Danemark, un certain Mr Wilson, homme affable et hospitalier qui, lors de leur seule et unique rencontre à la mission française, a proposé de l'héberger. Ce dernier, d'ailleurs, le reçoit à bras ouverts et lui offre le gîte et le couvert de bon cœur.

– Avez-vous fait bon voyage, monsieur Mouhot ? lui demande le Consul, tout en servant du brandy dans deux verres en cristal.

– Excellent ! Je dois avouer que ce pays est magnifique et que les habitants sont chaleureux.

– Magnifique, peut-être, mais épuisant lorsqu'on n'est guère habitué à cette chaleur ! ne peut s'empêcher de faire remarquer Mr Wilson en s'épongeant le front avec son mouchoir. Vous devez être fatigué après un tel périple.

– Fatigué ? Pas le moins du monde. D'ailleurs, je compte repartir bientôt.

Le Consul, surpris par une telle énergie, lui que le climat du Siam accable tant, demande au Français :

– Où comptez-vous aller, cette fois-ci ?

C'est à dessein qu'Henri Mouhot, soucieux de préserver son jardin secret, reste vague et imprécis :

– Quelque part dans la jungle du Cambodge.

Dans l'attente d'une seconde expédition qu'il veut plus longue et mieux préparée, Henri Mouhot classe coquillages, insectes et autres particularités de la nature siamoise dans de petites boîtes protégées de l'humidité et de la lumière, boîtes qui sont embarquées dès la semaine suivante à bord d'un steamer en route pour Londres.

– Lord Rosse sera fort aise de recevoir ces premiers échantillons, confie-t-il à Mr Wilson, notamment ce curieux scarabée aux élytres d'or qui ravira, j'en suis certain, Mr Prescott, le naturaliste de l'Académie.

– En attendant que vous trouviez enfin ce fameux papillon de Siam ! répond le Consul sur le ton de la confidence, car il est au courant de l'affaire et de l'importance qu'il y a à l'entourer de secret.

11

Sur le fleuve Mékong voguent les explorateurs

Le 23 décembre 1858, Henri Mouhot quitte de nouveau Bangkok pour Chantaboun, dans le golfe de Siam. Cette fois, il ne se déplace plus avec sa barque, trop légère pour une telle expédition, mais en jonque chinoise et par voie de mer. Il est accompagné d'un nouveau domestique annamite qui, ayant été éduqué au collège des Pères, connaît suffisamment le français pour faciliter entre eux les rapports humains.

Le 3 janvier 1859, la jonque parvient dans le golfe de Chantaboun où pointe la roche de Lion, une montagne semblable à un fauve assoupi dont le regard est tourné vers les eaux calmes de la rade. Là, muni d'une lettre d'introduction que Mgr Pallegoix a eu la faiblesse, ou la bonté, de lui remettre avant son départ, il loge chez les missionnaires.

À Chantaboun, il est pour la première fois atteint des fièvres, et doit demeurer plusieurs mois alité avant de poursuivre sa route. Lorsque au printemps, il recouvre la santé, il arpente la ville et ses alentours, visite les îles du golfe, achète du matériel et de la nourriture en suffisance, avant de se décider à repartir en direction du Cambodge.

À Kampôt, où la jonque qui l'emmène fait escale, deux fléaux l'attendent. D'un côté une pluie torrentielle annonçant le début de la mousson. Et de l'autre les dangereux pirates infestant la région, désireux de s'enrichir au détriment des voyageurs. Fort heureusement pour les occupants de la jonque, la pluie est si violente qu'elle les préserve d'une éventuelle attaque des pillards qui préfèrent rester à l'abri dans leurs huttes sur pilotis, à s'enivrer et à jouer au mah-jong, plutôt que de prendre la mer sous un tel déluge.

Arrivé au port, Henri Mouhot rejoint la terre ferme, où il est surpris par la petite taille de la ville qui compte à peine trois cents maisons. Et aucun missionnaire français susceptible de l'héberger.

Il a déjà beaucoup perdu de temps à Chantaboun, il loue donc deux chariots, un éléphant, et prend aussitôt la route de Phnom Penh.

La capitale du royaume de Cambodge, plus majestueuse, lui fait le meilleur effet. Mais là non plus, il ne s'attarde guère. Il lui tarde de s'en aller et de remonter le fleuve Mékong vers le nord. Nous sommes alors au début de l'été, au plus fort de la saison des pluies.

En pénétrant au cœur du pays khmer par la voie des eaux – le courant est si violent qu'il faut l'habileté de plusieurs rameurs pour parvenir à avancer de quelques milles par jour –, le voyageur est d'emblée fasciné par la civilisation qu'il découvre. La région regorge de richesses séculaires, statues, temples, pagodes, tombeaux, nécropoles, souvent en ruine, mais qui ne demandent qu'à sortir de l'oubli dans lequel le temps les a plongés. Il n'est pas rare que depuis le fleuve on aperçoive, lorsque la pluie ne tombe pas en abondance, surgissant tels des fantômes de pierre au-dessus des arbres, la présence de quelque édifice rongé par l'érosion et recouvert de végétation, sur lequel hurlent les singes et chantent les oiseaux.

Le soir, bien souvent, Henri Mouhot quitte le campement et passe de longues heures seul sur les bords du fleuve à méditer. Est-ce fatigue, hallucinations, ou tout simplement son imagination qui lui joue des tours… ? Devant lui passent des ombres, figures étranges et tutélaires, troublantes visions qui glissent sur les eaux noires, rompant le fil de sa solitude. Il reconnaît Doudart de Lagrée, Speke, Stanley, Savorgnan de Brazza, Garnier, von Humboldt, Livingstone, et tant d'autres qu'il ne connaîtra jamais, mais qui font partie d'une même famille… Et tandis qu'Henri Mouhot devient lui-même l'une de ces ombres, si pure, si transparente, et qu'il contemple en silence les embarcations qui lentement glissent sur l'onde, se confondant avec le paysage verdoyant, il sait qu'il vient de croiser les fantômes passés ou à venir des grands explorateurs de ce monde, cherchant comme lui une raison de vivre dans la découverte, l'aventure, le voyage, même s'il sait qu'aucun d'eux ne parviendra jamais au terme de sa quête parce qu'il est impossible de capturer son propre reflet dans le miroir.

Au terme de deux longs mois de remontée du Mékong sous une pluie battante, le Français parvient enfin à la destination qu'il s'était fixée avant de partir : la frontière avec le Laos. De là, il marchera vers l'ouest, prêt à explorer chaque parcelle de ce territoire, certain que la vallée aux papillons se trouve quelque part dans cette direction, dans cette vaste jungle ceinturée à sa droite par le Mékong et à sa gauche par le grand lac Tonle Sap.

Il lui faut donc quitter la jonque et ses occupants et rejoindre, accompagné de son seul serviteur annamite, le village situé en amont, où il compte établir son camp de base. Là, les habitants le reçoivent avec un mélange d'incrédulité et d'étonnement, horrifiés par la blancheur de sa peau, sa maigreur et sa haute taille, eux qui ont la peau cuivrée, sont bien charpentés et ne dépassent pas trois coudées.

Le soir, après avoir partagé le repas avec eux, un dîner composé de fruits, de riz et d'insectes grillés, les deux hommes rendent visite au chef du village. Ce dernier, un vieillard aux dents noires et usées jusqu'aux gencives à force de mâcher du bétel, les reçoit sous un banian gigantesque dont les racines aériennes forment une prison végétale qui le préserve du reste du monde, des hommes comme du soleil et de la pluie. Pour l'apercevoir, il faut soulever des feuilles de palme d'une taille gigantesque. La peau jaune et ridée du vieillard ressemble à celle d'une tortue centenaire, et ses yeux vairons dansent dans leurs orbites comme ceux d'un caméléon. L'homme semble lui-même avoir pris racine depuis longtemps tant il fait corps avec l'arbre. Assis en tailleur au pied du banian, il en gratte l'écorce avec l'ongle de son pouce, noir et dur comme du granit, produisant un son strident.

Henri Mouhot, d'emblée, salue le vieillard en se prosternant devant lui. Puis, sans rechigner, il paye les dix riels que ce dernier exige pour la location mensuelle de la hutte ainsi que deux repas par jour. Ensuite, une fois l'argent versé et les salutations d'usage terminées, le chef demande :

– Que venez-vous faire ici ?

Saisissant son carnet de croquis, Henri Mouhot l'ouvre à la page où, en quelques coups de crayon, il a fait l'esquisse du papillon de Siam. Puis, se tournant vers son guide, il lui demande de traduire :

– Je cherche à capturer ce spécimen. On m'a dit qu'on peut le trouver non loin d'ici dans une vallée où nichent les papillons. Est-ce la vérité ?

Le domestique s'exécute. Le chef du village réfléchit longuement, puis d'un geste solennel, incline la tête. Enfin, il dit quelque chose dans sa langue, que le guide s'empresse de traduire.

– On ne t'a pas menti. Là-bas, au cœur de la jungle, dans la direction du soleil couchant, il existe une vallée où l'on peut trouver, à certaines périodes de l'année, autant de papillons que de gouttes de pluie à la mousson. Si tu as de la chance, tu pourras peut-être y trouver l'espèce que tu recherches.

– Très bien. Nous nous mettrons en quête de ce lieu dès demain.

Les deux hommes saluent et se retirent. Mais le chef ajoute alors une phrase que le guide hésite à traduire en français.

– Qu'a-t-il dit ? demande aussitôt Henri Mouhot, comprenant qu'un malaise vient de s'installer entre son jeune serviteur et le chef du village.

L'adolescent hésite encore, puis avoue enfin :

– Que cette vallée est difficile à atteindre. Et même lorsqu'on parvient à la découvrir, il est impossible d'y revenir une seconde fois.

– Pour quelle raison ?

– À cause de la malédiction des dieux.

Un long silence, puis le vieillard reprend la parole et conclut :

– Le papillon de Siam ne se capture pas aussi facilement que tu le crois, ils sont nombreux à avoir essayé. Et tous sont morts de souffrance et d'épuisement avant d'avoir pu simplement l'apercevoir.

12

La vallée des papillons

En octobre 1860, la saison des pluies touche à sa fin. Henri Mouhot et son guide peuvent enfin se mettre à la recherche de la vallée tant convoitée sans risquer de s'embourber dans les marécages, de se perdre dans la forêt, où d'attraper les fièvres paludéennes.

Dès lors, les deux hommes commencent leur marche incessante en direction de l'ouest, s'enfonçant un peu plus chaque jour au cœur de la jungle où ils croisent en nombre des buffles, des éléphants, des sangliers et quelques rhinocéros. Parfois, ils retournent au village pour reprendre des forces et dormir dans la hutte à l'abri des moustiques, des serpents et des bêtes sauvages. Mais le plus souvent, ils arpentent le pays pendant plusieurs jours d'affilée, sans jamais se décourager, chassant s'il est besoin pour se nourrir, dormant dans des hamacs suspendus dans les arbres, tout comme les peuplades sauvages qui habitent cette région et dont ils croisent parfois la route. Découvrant certains villages, il n'est pas rare que les deux hommes demandent aux autochtones l'hospitalité pour la nuit en échange de gibier.

D'autant que le Français, heureux propriétaire de deux fusils, se révèle un excellent chasseur, et qu'il est rare dans cette région aussi giboyeuse, qu'il ne ramène pas chaque soir quelque trophée.

Les premiers temps, la détermination d'Henri Mouhot demeure intacte. Si la vallée reste introuvable, son humeur reste excellente. Après tout, songe-t-il, on ne trouve pas un trésor comme cela, d'un simple claquement de doigts, ou en invoquant le Saint-Esprit. Il faut du temps, de l'abnégation et aussi un peu de chance.

Lorsque le doute s'empare de lui, certains soirs d'extrême fatigue, qu'il perd son assurance, que sa volonté faiblit, et que cette vie loin de chez lui et des siens le lasse, il se remémore les paroles de Mr Prescott sur le quai du port de Londres et songe avec raison que ce voyage, loin d'être inutile, contribue au progrès de l'humanité. Et qu'à force de patience et de temps, il finira par être récompensé de ses efforts.

En attendant l'heure de la délivrance, le naturaliste qu'il est devenu désormais observe la jungle d'un autre œil. C'est un lieu propice à la chasse aux minéraux, insectes et plantes de toutes sortes, un réservoir naturel comme il en existe peu au monde, et le nombre d'espèces nouvelles collectées chaque jour dépasse toutes ses espérances. Mais que ne donnerait-il pas pour tenir dans sa main un spécimen de *Teinopalpus aureus*.

Une fois, une seule fois, Henri Mouhot croira venue l'heure bénie. Alors que lui et son guide viennent de faire une longue incursion vers le nord-ouest, non loin de la frontière séparant le Cambodge du Laos, qu'ils ont traversé des marécages infestés de scorpions, de sangsues et de serpents, franchi des rochers dont les pointes acérées et coupantes comme du verre leur blessaient les mains, traversé des rideaux de lianes et de palmes infranchissables, remonté le cours d'une rivière boueuse, entendu le feulement d'un tigre et le piétinement d'un rhinocéros, lui et son guide surgissent soudain dans une étroite vallée cernée par deux parois à pic, recouvertes d'une végétation si dense et si variée qu'elle donne à la roche une palette infinie de couleurs. En avançant dans cette semi-obscurité, leur surprise est immense : ce qu'ils ont pris de prime abord pour de la végétation n'est autre que les ailes de centaines de milliers de papillons agglutinés en grappes sur les parois rocheuses.

Enfin, le voyageur a trouvé la vallée aux papillons où les lépidoptères, mus par une de ces particularités de la nature, viennent nicher quelques jours par an.

Les deux hommes avancent à pas comptés, incrédules, haletants. Henri Mouhot, le souffle coupé, ose à peine respirer. Intimant à son guide l'ordre de ne pas bouger, il extirpe son filet du sac qu'il porte en bandoulière, s'accroupit et attend. Autour de lui, une nuée de papillons vient d'apparaître, surgie on ne sait d'où, et volette autour de lui, dessinant dans l'air de majestueuses arabesques multicolores. Le nuage danse devant ses yeux quelques secondes, virevolte, bourdonne à ses oreilles, s'élargit jusqu'à obscurcir le soleil avant de finir par se poser sur la roche face à lui.

D'autres papillons, dérangés sans doute par ce ballet, s'envolent à leur tour et disparaissent comme par enchantement vers les cieux.

Et soudain, même s'il n'en croit pas encore ses yeux, et qu'il est trop loin pour le distinguer des autres espèces, Henri Mouhot voit sur la paroi opposée se détacher les trois couleurs du papillon de Siam. Intrigué, il s'approche pour en avoir le cœur net. Or, bleu et vert, nul doute, il s'agit bien là de lui. Retenant son souffle, avançant à pas de loup, il s'approche du lépidoptère. Lorsqu'il n'est plus qu'à quelques centimètres de lui, il allonge le bras et, d'un geste vif, tente de l'emprisonner dans son filet. Mais plus rapide, le papillon s'envole une fraction de seconde avant que le piège ne se referme sur lui et s'éloigne, pour peu à peu disparaître au loin, bientôt suivi par toute une colonie multicolore que sa présence a effrayée.

– Malheur ! Je l'ai manqué !

Se tournant vers son guide resté en retrait, il fulmine :

– Il faut à tout prix le retrouver !

Mais ce jour-là, le miracle n'aura pas lieu. Les deux hommes ont beau scruter la paroi dans ses moindres recoins, inspecter avec détail chaque lépidoptère, le papillon de Siam ne réapparaîtra plus.

Peu avant le crépuscule, la mort dans l'âme, il faut se résigner à quitter la vallée qui n'offre nul abri pour la nuit et se réfugier dans la forêt où, en quelques minutes, l'Annamite, à l'aide de sa machette, construit une hutte de branchages recouverts de feuilles de palmier.

– Nous aurons peut-être plus de chance demain, confie Henri Mouhot à son compagnon avant de s'endormir.

Le lendemain, hélas, l'entrée de la vallée aux papillons a disparu, introuvable. Après plusieurs heures de marche infructueuse, il faut se rendre à l'évidence : ils sont victimes de la malédiction des dieux.

Découragés, épuisés, ils rebroussent chemin en direction de l'est, et rejoignent deux jours plus tard le village sur les bords du fleuve Mékong. Là, tout à la fois émerveillé et consterné par ce qu'il vient de vivre, le voyageur ne cesse de répéter :

– Avoir été si près du but et échouer. Je crois que je ne m'en relèverai jamais.

D'autant qu'un contretemps fâcheux complique la tâche, déjà ardue, du Français. Le jeune guide annamite qui l'accompagnait jusqu'alors, épuisé par ces marches incessantes, et certain désormais qu'ils ne retrouveront plus le chemin de la vallée et encore moins la trace du papillon de Siam, lui annonce qu'il s'en retourne chez lui. L'argent n'y fera rien. Le jeune homme ne reviendra pas sur sa décision, et dès lors qu'il quitte le village et se dirige vers le fleuve Mékong, Henri Mouhot sait qu'il ne le reverra plus.

Durant les dernières semaines de l'expédition, c'est donc seul que le naturaliste arpente la jungle dans l'espoir de retrouver cette vallée mystérieuse. Mais il a beau longer cent fois la frontière avec le Laos, revenir cent fois sur ses pas, traverser les mêmes marécages et remonter les mêmes cours d'eau, il ne parvient plus à en retrouver le chemin. Malgré cela, et en dépit de la solitude, de la fatigue, des moustiques, des bêtes sauvages, de la chaleur torride et de l'odeur pestilentielle des marécages, le voyageur s'entête et poursuit son inlassable quête.

Le soir, lorsque le remords et la nostalgie s'emparent de son âme, il songe à lord Rosse, à Mr Prescott, aux membres de l'Académie royale de Londres et au succès de sa mission. Il a une pensée pour sa femme qui vit si loin et si différemment de lui, et qui sans doute lui en veut terriblement de l'avoir abandonnée de la sorte. Elle lui semble désormais si étrangère qu'il se demande s'il pourra jamais la retrouver un jour. Enfin, il songe avec douleur à cet instant à la fois magique et tragique où le papillon de Siam était à sa portée, et se lamente de n'avoir su saisir sa chance. Car depuis ce jour où il a aperçu un spécimen de *Teinopalpus aureus* volant au-dessus de sa tête, le lépidoptère sacré est devenu pour lui une obsession. Aussi, de jour comme de nuit, danse devant ses yeux fiévreux l'image imprécise et fuyante d'un papillon voletant dans les airs. Il tend la main mais, au fur et à mesure qu'elle se rapproche de lui, le papillon s'éloigne en direction du soleil.

Un matin, las, épuisé après de longs mois d'expédition, voyant fondre son énergie et ses ressources financières, Henri Mouhot renonce. Il se décide à rentrer à Bangkok.

Profitant du passage d'une jonque qui se rend à Udony, il remercie les villageois pour leur hospitalité et prend le chemin du retour.

Cette fois, descendant le fleuve au lieu de le remonter, il ne lui faut que quelques jours pour atteindre la ville. De la capitale du Cambodge, il envoie deux lettres en Europe. La première est adressée à lord Rosse. La seconde à sa femme Ann.

Dans la première, il se désole de ne pas avoir pu capturer le fameux spécimen de *Teinopalpus aureus* qu'il tenait à portée de main, mais décrit avec force détails le précieux papillon, ainsi que la vallée qui abrite les lépidoptères. Il confie aussi que, malgré cet échec pour retrouver cet endroit, il a vécu là la partie la plus passionnante de son expédition.

Dans la seconde lettre, il regrette d'être demeuré si longtemps séparé de la femme qu'il aime, mais admet ne rien regretter de ce voyage qu'il ne pourra jamais oublier. Enfin, dans les deux lettres, en dépit de l'échec de sa mission, il avoue qu'il vit dans l'espoir qu'un jour tous les spécimens qu'il a rassemblés finiront dans quelque musée londonien, sous verre, dûment conservés, punaisés, sériés, étiquetés, offerts au regard des visiteurs, avec en guise de légende : « *Découvert par Henri Mouhot, explorateur et naturaliste français aux royaumes de Siam et de Cambodge.* »

Lorsqu'elle reçoit cette missive, six mois plus tard, Ann Mouhot ne peut que s'exclamer :

– Ah ! Ces Français ! Tous les mêmes ! Dévorés par l'ambition et à moitié fous !

Puis elle repose la lettre sur son bureau et, songeuse, imagine le voyageur parcourant la jungle, un filet à papillons à la main, à la recherche d'une fleur volante d'une si grande rareté qu'elle en est introuvable. Et soudain, même si elle se sent délaissée, elle se prend à l'envier et à l'admirer, car il faut bien du courage pour risquer ainsi sa vie dans des jungles hostiles et lointaines, tout cela pour un semblant de gloire. Aussi prie-t-elle le Seigneur de prendre sous sa haute protection son impétueux mari en qui elle a placé bien des espoirs. Alors, rassérénée, elle se dit qu'en dépit des milliers de kilomètres qui les séparent, chacun est à sa juste place, elle dans la quiétude de son appartement d'Edinburgh, lui dans la solitude des jungles du Cambodge. Et qu'un jour prochain, le destin les réunira de nouveau.

13

Quatre lions sculptés dans le granit

Or c'est justement sur le chemin du retour, au moment de rebrousser chemin vers Bangkok et le Siam, puis vers l'Europe, lassé de cette quête sans fin, qu'Henri Mouhot va faire la plus importante et la plus admirable découverte de toute son existence.

Nous sommes en janvier 1860. Cette fois, le voyageur ne choisit pas le chemin de la mer pour rejoindre la capitale siamoise, mais la route de l'intérieur du pays, celle qui longe le lac Tonle Sap sur sa rive ouest et passe par la ville de Battambang. Non loin du village de Siem Reap, où il est logé chez un haut dignitaire possédant assez de notions de français et d'anglais pour se faire comprendre d'un Européen, il arpente comme à son habitude la forêt alentour dans le dessein de collecter de nouvelles espèces. Alors qu'il se trouve dans une forêt de banians et de palétuviers, il est intrigué par la présence de pavés sous un tapis de feuilles. Au début, il n'aperçoit qu'une rangée de pierres jointes les unes aux autres et, au loin, une deuxième rangée, puis une troisième, enfin tout un sol recouvert de pierres sculptées. Il ne comprend pas tout de suite ce que représentent ces vestiges. Ce n'est qu'un peu plus tard, lorsqu'il détache les yeux du sol et, levant la tête, aperçoit qu'il est ceinturé de hautes murailles de pierre, qu'il comprend la nature du lieu qu'il vient de découvrir.

Il se trouve à l'intérieur d'une vaste esplanade en forme de croix, bordée d'escaliers, ornée à chacun de ses quatre angles d'un lion sculpté dans le granit. Face à lui, au-delà de la galerie extérieure, s'élève une immense colonnade couronnée de cinq hautes tours. Il franchit le portique d'entrée et se retrouve bientôt dans la première enceinte. Enfin, après avoir longé le péristyle qui sépare les deux galeries, il découvre une large terrasse sur laquelle s'élève un temple. Henri Mouhot en a le souffle coupé. Où qu'il pose les yeux, des portiques, des chapiteaux, des coupoles, des bas-reliefs de granit se découpent sur l'azur du ciel et l'émeraude de la forêt.

Il se trouve au cœur d'une cité bâtie par une civilisation disparue depuis des siècles. Une ville à la fois minérale et végétale, dont il ne subsiste qu'un amas de ruines, un cimetière de grès envahi par la végétation. Une cité de silence et de mystère.

C'est là, dans ce lieu hors du temps, alors qu'il recherche désespérément un papillon qui se dérobe à lui, qu'Henri Mouhot parvient au cœur du tombeau d'une race disparue.

Étonné, hagard, ébahi devant tant de trésors que la nature a dérobés aux regards des hommes pendant de nombreux siècles, il demeure de longues heures dans ce sanctuaire, sans savoir où il se trouve, s'il rêve ou non, et si tout ce décor n'est pas seulement un mirage.

Mais il lui faut se rendre à l'évidence, et prendre la mesure des choses : il se trouve dans l'une de ces villes-forteresses ancestrales, sans doute l'une des plus belles et des mieux conservées de la civilisation khmère, capitale d'un royaume enseveli par le temps, délaissé par les hommes et oublié des dieux.

En arpentant la cité, en visitant les monuments, le voyageur, saisi, a l'impression de pénétrer par effraction dans un lieu sacré. Le temple principal, surtout, lui procure une joie immense. En découvrant la sculpture d'une déesse, son raffinement, ses ciselures, et la sérénité qui se dégage du visage de pierre aux traits harmonieux, Henri Mouhot est pris d'un vertige extatique.

– Voilà donc ce qu'est la beauté ! s'écrie-t-il, émerveillé.

Ce choc émotionnel ne laisse pas d'aiguiser encore sa curiosité, jusqu'à le pousser à passer la nuit sur place, dans ce temple, au pied de cette statue de femme, en compagnie de laquelle il se sent en sécurité, comme protégé par un esprit divin. Ce qu'il fait, déployant son barda sur les dalles du passé.

À la nuit tombée, alors qu'il est seul dans cette cité prodigieuse, il se croit un instant le roi d'une civilisation antique, un monarque qui revient des siècles après sa chute régner une dernière fois sur un peuple d'ombres. Et pour la première fois, il se sent en accord avec lui-même et avec le monde qui l'entoure.

Lorsqu'il retourne à Siem Reap, le lendemain matin, il se dirige tout droit vers la demeure du haut dignitaire, désireux de lui soutirer quelques informations sur la cité perdue. Un seul croquis, représentant une vaste muraille ceinturant un palais de pierres, exécuté sous le regard intrigué de son logeur, suffit à traduire le sens de sa question :

– Quelle est cette cité, là-bas, au milieu de la jungle ?

L'homme, furieux, lève les bras au ciel et hurle de sa voix éraillée :

– Angkor ! Angkor ! Tu es allé dans la ville interdite !

– Pourquoi interdite ?

– Parce qu'elle appartient au royaume des morts ! Tu ne dois pas y retourner !

Le Français ne répond d'abord rien. Puis, comme par défi, ajoute :

– Cette cité m'intrigue. J'y retournerai, que cela soit autorisé ou non.

Et sans attendre la réponse du haut dignitaire, il se lève et s'en va rejoindre sa chambre.

Pendant trois semaines, oublieux de tout, Henri Mouhot se rend très souvent à Angkor. Là, délaissant un instant sa quête du papillon de Siam, il déambule longuement parmi les ruines, les temples, les tombeaux, s'imprégnant de l'atmosphère de ce lieu magique jusqu'à l'enivrement. Enfin, quand il se juge suffisamment grisé par ces effluves d'un autre temps, il s'assoit en tailleur sur le sol recouvert de dalles, extirpe de son sac de voyage son carnet en cuir rouge et passe de longues heures à relever les plans de la ville en écoutant le chant des oiseaux.

Il aime cette cité plongée dans le sommeil, ces murailles de pierre et ce labyrinthe de racines enchevêtrées, ces visages et ces corps taillés dans la roche, ces figures aux expressions si nobles qu'elles ne peuvent représenter qu'une race de seigneurs. Pour lui, cette ville enfouie dans la jungle demeure un champ d'investigation inépuisable. Il lui semble qu'ainsi entouré de murailles et de silence, il revient dans le giron maternel. Tant qu'il demeurera là, rien ne pourra lui arriver. Il est seul dans la splendeur du monde.

C'est là, au cœur d'Angkor, en ce début d'année 1860, qu'Henri Mouhot vit les heures les plus douces et les plus heureuses de son existence. Bientôt, en véritable historien, il s'interroge sur l'origine de la cité. Quel roi a décidé sa construction ? Pourquoi en ce lieu perdu ? À quelle époque ? Et à l'aide de quelle technologie a-t-il pu faire édifier ce chef-d'œuvre architectural ?

Toutes ces questions tournent dans sa tête, sans qu'il puisse y apporter la moindre réponse, le moindre éclaircissement. De la bouche des habitants de Siem Reap qu'il parvient à interroger avec les quelques mots qu'il connaît de leur langue, Henri Mouhot apprend qu'il existe deux légendes sur la construction d'Angkor. Selon la première, la cité a été fondée par un roi lépreux, il y a plus de mille années, dans le dessein d'attirer la pitié des dieux sur son état de santé. La cité était alors riche et florissante, l'une des merveilles du monde. Mais le roi lépreux n'ayant jamais recouvré la santé, et s'étant à la fin de sa vie détourné des divinités, Angkor s'enfonça lentement dans la décadence et la ruine.

La seconde légende parle d'une déesse qui, offensée par un souverain, lui aurait ordonné de construire cette cité et d'y élever un temple afin d'expier ses péchés.

Des deux versions, Henri Mouhot ne sait laquelle adopter. Il aime l'idée du roi lépreux, sans doute l'histoire la plus proche de la vérité. Mais la version de la déesse ne laisse pas de l'intriguer et de lui plaire car elle donne à cette légende une puissance évocatrice d'origine divine.

Les jours suivants, des visions le hantent. Tantôt il voit un roi lépreux s'avancer vers lui et l'implorer de le guérir, tantôt il se trouve face à une déesse aux longs cheveux noirs et aux beaux yeux sombres. C'est alors qu'une nuit où il ne parvient pas à trouver le sommeil, il va retrouver son logeur qui dort dans la pièce contiguë à sa chambre et lui demande :

– Qui a créé cette cité ? Le roi lépreux ou la déesse khmère ?

– Les deux à la fois, répond le haut dignitaire.

– Comment cela ?

– C'est une longue histoire, et j'ai peur qu'elle t'ennuie.

– Je n'ai pas sommeil, et je crois au contraire qu'elle m'intéresse.

– Dans ce cas…

L'homme invite le Français à s'asseoir face à lui et, tout en chiquant un morceau de bétel, il commence en ces termes : « Un matin, il y a très longtemps de cela… »

14

La légende du roi lépreux

Un matin, il y a très longtemps de cela, le roi Kana se réveilla avec le soleil. Il ouvrit grand les yeux et découvrit avec stupeur qu'il ne se trouvait pas à l'intérieur de son vaste palais d'Udong, dans la capitale du royaume de Cambodge, mais dans une tente de toile blanche traversée par la lumière du jour, que son lit n'était pas celui d'un roi mais une simple paillasse posée sur le sol, et qu'il n'était pas entouré de ses sujets, mais étonnamment seul. Les objets qui, d'habitude, ornaient sa chambre à coucher, avaient disparu. Nulle trace de ses trésors de guerre, des bijoux, des tapisseries, des sculptures et des vases précieux qu'il avait amassés tout au long de ses innombrables conquêtes. Seul son habit de guerrier, étendu sur un coffre en bois de santal, ainsi que son épée à lame d'argent posée à côté de lui sur un pliant, lui rappelèrent qu'il était à la guerre. Sortant peu à peu des brumes du sommeil, il se souvint qu'il se trouvait quelque part dans les territoires du Nord, prêt à livrer bataille à l'ennemi.

Le roi Kana se redressa sur sa couche, porta ses deux mains à hauteur de sa bouche et héla :

– Touban !

Aussitôt, un vieil homme décharné surgit dans la tente. Il avait le teint jaune des Malais, était vêtu d'une tunique blanche et paraissait sans âge. C'était le serviteur attitré du roi, un homme d'une fidélité sans faille, et qui ne le quittait jamais. Un honneur suprême que Touban avait mis longtemps à obtenir, lui l'esclave venu de l'autre côté de la mer, et que la clémence du roi Kana avait épargné.

– J'ai fait un rêve cette nuit, dit le souverain de Cambodge.

Le visage de Touban se figea. Le roi Kana n'avait plus rêvé depuis de longues années. Depuis qu'il était sorti de l'adolescence pour entrer dans le monde adulte, prendre sa charge et faire la guerre pour préserver l'essor du royaume. Depuis cette fameuse nuit où, poursuivi par les démons du passé, il avait vu en songe son père se faire assassiner de sept coups de poignard par les princes ennemis.

Depuis ce cauchemar gorgé de sang, d'horreur et de chagrin, ses nuits avaient été désertées par les rêves, lavées de toute image et de toute émotion. Des nuits de sommeil sans réel repos, car le songe est le repos de l'âme. Des nuits inutiles, calmes, blanches, jusqu'à ce matin béni des dieux où tout avait recommencé.

C'est pour cela que Touban était ému. Parce que le roi Kana était de retour parmi les hommes après une longue errance dans les territoires labyrinthiques de la mort.

– J'ai fait un rêve, Touban, et dans ce rêve il y avait une femme.

– Une femme ? s'écria Touban.

– Oui, une femme, répondit le roi dans un large sourire. Et elle était d'une beauté renversante…

Dans son rêve, en effet, une femme était entrée dans sa tente et s'était approchée de lui sans un bruit. Devinant sa présence, il s'était redressé brusquement sur sa couche et avait découvert l'apparition avec étonnement. La femme, entièrement nue, ne portait rien d'autre qu'une longue chevelure de jais et quelques colliers de perles qui masquaient sa poitrine. Tenant à la main une coupe de vin, elle la tendit au roi et l'invita à boire :

– Roi Kana, voici le calice de la paix.

Comme le monarque la regardait, hésitant, elle se rapprocha davantage et réitéra sa demande :

– Il faut cesser cette guerre inutile. Bois ce breuvage. Il t'aidera à voir clair et à prendre les bonnes décisions.

Le roi Kana, soudain effrayé par l'étrange apparition, se demanda s'il ne s'agissait pas là d'une fourberie de l'ennemi. Alors, d'un revers de la main, il renversa la coupe de vin. Son contenu, rouge comme du sang, se répandit sur le sol.

– Disparais, diablesse, ou je te tranche la gorge !

La jeune femme, lui adressant un regard empli de tristesse, dit alors :

– Puisque tu refuses de boire le calice de la paix et que tu t'obstines à faire la guerre, je te prédis malheur pour toi et ta descendance. Si aujourd'hui tu livres bataille, ton royaume se disloquera et le malheur ravagera ta famille. Tu connaîtras alors des jours de souffrance, de chagrin, de tristesse et de solitude.

Le temps que le roi Kana s'extirpe de sa couche, mette la main au fourreau de son épée et brandisse l'arme devant lui, la jeune femme avait disparu.

Lorsque le roi Kana eut terminé de raconter son rêve, Touban lui adressa un regard horrifié. Lui seul avait deviné la vérité.

– Qu'y a-t-il, Touban, on dirait que tu reviens des enfers… ?

– Hélas, mon Roi. Ce n'était pas un rêve, mais la réalité. Et cette femme n'était pas une créature humaine mais une déesse venue vous mettre en garde.

Le roi Kana éclata d'un rire dur comme le diamant. Il était de chair et de sang, un homme sensé, réfléchi, et accordait peu d'importance aux manifestations des esprits. Or il savait faire la différence entre un rêve et la réalité, et entre une femme et une déesse.

– Tu te trompes, Touban, c'était un songe.

Le serviteur, persuadé du contraire, répondit de manière prudente :

– Songe ou réalité, cela revient au même. C'était un signe des dieux, et il serait plus sage de ne pas combattre aujourd'hui.

Le roi Kana jeta un regard méprisant à Touban. Sortant

de la tente avec fureur, il enveloppa d'un geste de la main toute l'étendue des terres autour de lui et déclara :

– Voici mon royaume ! Tout cela m'appartient. Les villages, les rivières, les fleuves, les montagnes, jusqu'au moindre de ses habitants sur qui j'ai pouvoir de vie et de mort. Tout cela, vois-tu, est en ma possession. Et aujourd'hui que mes ennemis me disputent ce territoire et m'attaquent de toute part, tu voudrais que j'abandonne mon royaume à ces chiens ? Les laisser le lacérer, le déchiqueter et le mettre en lambeaux ? Parce que j'ai fait un rêve absurde ? Non, cela je ne peux l'accepter. Quiconque me provoque doit en subir les conséquences.

Le roi Kana, loin de posséder la sagesse de son serviteur, aimait la guerre et le goût du sang.

– Je tuerai de mes mains tous ceux qui ont osé défier ma puissance. Je ferai rendre gorge à mes ennemis, les transpercerai de mon sabre et laverai la lame tachée du sang de leurs entrailles dans le ruisseau de leurs larmes. Ceux qui ont tué mon père sauront bientôt ce qu'il en coûte de s'attaquer à moi.

Le roi Kana, le visage fermé, était aveuglé par la haine. La présence de l'armée ennemie, de l'autre côté de la vallée, lui inspirait le plus profond dégoût. Désormais, il avait hâte de combattre.

Ce fut donc la guerre, inévitable et sanglante, qui débuta aux premières lueurs de l'aube et ne prit fin qu'à la tombée du jour. Longtemps, la plaine résonna de la fureur des armes que maniaient des milliers de soldats. D'un côté, l'armée du roi Kana, des guerriers que le feu des batailles, les pluies chaudes de la mousson et le vent coulis des mers avaient forgés, sculptés, façonnés jusqu'à rendre leurs muscles et leur courage aussi acérés que le fil de leurs épées. Ils étaient de haute stature, fiers, racés, aguerris, comme ces esclaves qu'une trop longue servitude a rendus fous de rage. Dans leurs yeux noirs luisait la colère de ceux qui ont payé un lourd tribut et qui désirent se venger. Tendant à bout de bras leurs lances et leurs boucliers, ils hurlaient leur fureur à la face du soleil.

De l'autre, des hommes du Nord suivis de leur cohorte d'éléphants, ceux de l'Ouest tenant en laisse des tigres, et des sauvages de la grande forêt, tous alléchés par la richesse des terres du Cambodge, et qui venaient dans le dessein de démanteler le royaume du roi Kana.

Le roi Kana s'avéra ce jour-là un guerrier redoutable, un homme d'une force hors du commun que chacun craignait et que nul n'osait affronter en combat singulier. Son habileté à manier les armes et sa soif de vengeance étaient à leur paroxysme.

Son fils Mendak, qui guerroyait à ses côtés, était lui aussi de tous les corps-à-corps. Lors des nombreuses batailles qu'il avait livrées en compagnie de son père, sa valeur et sa puissance avaient été démontrées par des duels sanglants dont il était toujours sorti vainqueur. Mais par malheur pour lui et pour le royaume de Cambodge, aujourd'hui, le destin en avait décidé autrement.

Lorsque le prince Mendak donna l'assaut sur le flanc gauche de l'armée, lui et les guerriers qui l'accompagnaient furent pris sous une volée de flèches que les archers ennemis postés face à eux décochèrent avec adresse. L'une d'elles lui traversa la gorge, le tuant sur le coup.

Le roi Kana, quand il découvrit le corps sans vie de son fils étendu sur le sol, baignant dans une mare de sang, mit un genou à terre et lança un cri inhumain à la face du ciel. Dès lors, oubliant de donner des ordres à ses troupes, son armée fut prise à revers, décimée, obligée de se replier en toute hâte sur les collines, et bientôt la bataille fut perdue.

Le soir même, tandis que le roi Kana pleurait son fils bien-aimé, de l'autre côté de la plaine les armées ennemies, ivres de l'alcool de la victoire, s'adonnaient à une bacchanale infernale, buvant dans des verres de granit une horrible liqueur, dansant et chantant jusqu'au bout de la nuit. Le roi Kana comprit alors l'ampleur de sa faute. Pour avoir désobéi à une déesse, il avait perdu la guerre, son fils et la moitié de son royaume.

Le lendemain, lors du voyage de retour vers Udong, chacun des guerriers de son armée porta le deuil de la disparition du prince, le roi lui-même ayant installé la dépouille de Mendak auprès de lui dans son carrosse, afin de mieux le veiller.

De retour dans la capitale, où l'affreuse nouvelle de la défaite avait été rapportée par les éclaireurs, on pleura la mort du prince et la perte des territoires du Nord.

Le roi Kana, décrétant trois jours de deuil, enterra son fils lors d'une cérémonie religieuse grandiose où fut conviée toute la population. Enfin, le quatrième jour, miné par le chagrin et le remords, il s'enferma dans les profondeurs ombreuses de son palais pour n'en plus ressortir.

Le roi Kana demeura muré dans son palais d'Udong de longs mois, tandis que la misère et la famine sévissaient. Le jour anniversaire de la mort de Mendak, la malédiction de la déesse connut son apogée sous la forme d'un typhon dévastateur qui, en quelques heures, ruina champs, cultures et rizières. Les paysans se rendirent alors à Udong, réclamant des secours. Malgré cela, le roi Kana demeura sourd à leur demande, et se contenta de distribuer quelques sacs de riz afin d'apaiser leur fureur. Son cœur, déjà ravagé par la rancœur et la haine, poisons que la perte de son fils avait à jamais instillés en lui, était depuis peu rongé par un autre mal : la lèpre qui lui mangeait le corps et le visage, l'isolant davantage encore du monde extérieur.

La colère du peuple fut grande. On réclama son abdication. Mais le roi Kana demeurait inflexible, même s'il ne régnait plus que sur un royaume dévasté par le vent de la malédiction.

– Tant que j'aurai un souffle de vie, je resterai roi, même si mon royaume ne devait plus être qu'un grand cimetière.

Un jour, pourtant, un homme proche du roi Kana osa enfin se révolter, prenant la parole devant le conseil qui se réunissait chaque matin dans la vaste salle d'audience du Palais. Cet homme, un mandarin, se nommait Sakri, et était un compagnon d'enfance de feu le prince Mendak.

– Que me veux-tu, Sakri ? demanda le roi Kana à cet homme qu'il voyait s'approcher de lui sans se prosterner comme le voulait l'usage.

Le mandarin se planta devant le monarque et dit les mots que tous ruminaient en silence mais que personne n'osait prononcer à voix haute.

– Roi Kana, au nom du peuple de Cambodge, et au nom de l'amitié qui me liait autrefois à Mendak, ton fils tant regretté, je dois te parler, même si pour cela je dois mourir en retour.

Le souverain, intrigué par ce ton de franchise, lui qui n'était entouré que de flatteurs et de fourbes, en fut presque amusé. Personne ne lui avait jamais adressé la parole de cette manière, pas même le malheureux Mendak.

– Parle, Sakri. Je t'écoute.

Dans la salle du Palais, tous les regards se tournèrent vers le mandarin qui osait défier le fier et irascible souverain, impatients d'écouter sa diatribe :

– Roi Kana, tu es aveuglé par la haine causée par la perte de ton fils. Cela, je peux le concevoir, mais il y a trop longtemps que tes yeux ne voient plus la réalité du monde. Tu as engendré la guerre partout où ta folie meurtrière t'a mené, tu as fait de ton royaume une terre désolée, une terre de cendres, de sang et de mort où plus une fleur ne peut pousser. Par ton orgueil démesuré et ta soif de puissance, tu as plongé le royaume de Cambodge dans les ténèbres d'une longue nuit, et cette lèpre qui te ronge et dont tu ne parviens plus à te défaire n'est que la conséquence de tes actes. Ton fils Mendak, à qui devait échoir ce royaume, est mort par ta faute. Ton malheur est grand, roi Kana, mais tu en es l'unique responsable. Tout cela parce que tu as répandu à terre le vin de la paix que la déesse t'offrait pour laver tes péchés. Aujourd'hui, pour ce simple geste, ton royaume pleure des larmes de sang.

Un temps, puis Sakri continua :

– Tu es un monstre de cruauté et d'égoïsme, roi Kana. Et même si personne ici même n'ose te l'avouer, même si toi-même n'oses t'en convaincre, tu es seul responsable de notre misère. Tout cela, tu ne peux l'admettre parce que tu es plein d'orgueil, de rancune et de colère. Mais ton royaume se fragmente chaque jour un peu plus, et bientôt il n'en restera plus rien. Un jour arrivera où ton pouvoir ne s'étendra même pas au-delà des murs de ce palais. Alors tu ne seras plus le roi Kana. Tu seras Kana le lépreux, celui par qui tout ce chagrin est arrivé, et on te maudira jusqu'à la septième génération.

Lorsque Sakri se tut, on put lire la stupeur sur tous les visages de l'assistance. Jamais, de mémoire de mandarin, on n'avait bafoué l'autorité du Roi de la sorte. Le roi Kana, quant à lui, demeurait figé comme une statue. Il venait d'écouter ces paroles cruelles sans prononcer un mot. Nul ne doutait qu'il ruminait déjà sa vengeance, se demandant comment châtier cet impudent qui venait de lui causer un tel affront. D'ordinaire, il se serait saisi de son épée et, d'un coup d'une violence inouïe et d'une rapidité stupéfiante, aurait tranché la tête de Sakri, avant d'ordonner qu'on enferme sa dépouille dans un sac cousu de fil blanc et qu'on jette le tout dans le fleuve du haut de la terrasse du Palais. Mais là, rien ne se passa comme prévu.

Le roi Kana resta de longues et interminables secondes muré dans son silence. Assis sur le trône, il jouait avec le pommeau de son épée dont la lame damasquinée de filets d'or reflétait la lumière du soleil, se demandant quelle attitude adopter. Enfin, il se leva brusquement, s'approcha du mandarin, posa sa main sur son épaule et dit :

– Je devrais te mettre à mort pour avoir prononcé de telles paroles.

Son visage, déjà mangé par la lèpre, était déformé par la colère.

– Je devrais te mettre à mort, et pourtant je ne le ferai pas.

Un murmure parcourut l'assistance et se perdit dans les dorures ornant le plafond.

– Je ne le ferai pas, parce que tu viens, en m'assénant avec une cruauté incroyable l'implacable vérité, de m'ouvrir les yeux… C'est vrai, j'ai longtemps été aveuglé par la haine, je le suis sans doute encore, et depuis que j'ai livré cette guerre inutile, le royaume de Cambodge n'a connu que des malheurs.

Un long silence.

– Aussi, je te demande, Sakri, toi qui connais la sagesse,

ce que je dois entreprendre pour racheter mes fautes et lutter contre la lèpre qui ronge tout à la fois mon corps et mon royaume.

Le mandarin, heureux que ses paroles, acérées comme des flèches et amères comme le poison, aient atteint le cœur de la cible, offrit au Roi un large sourire avant de reprendre :

– Pour cela, il te faut sans tarder faire élever un temple en l'honneur de la déesse que tu as offensée, afin d'apaiser sa colère.

– Ici même, à Udong ?

– Non. Il te faut retourner dans la plaine où tu as vu la déesse en rêve. Non loin de là, tu choisiras une vaste esplanade où tu feras élever cet édifice. Et c'est là, dans ce lieu retiré du monde, que tu prieras la déesse jusqu'à ce que la malédiction prenne fin. Ce n'est que lorsque tu auras expié tes fautes que tu redeviendras le roi Kana.

Quelques jours plus tard, le roi lépreux, accompagné d'une escorte de guerriers, d'architectes et de mandarins, quitta son palais d'Udong pour se rendre dans les territoires du Nord. Après un interminable voyage le long du lac Tonle Sap, alors qu'il se trouvait dans une vaste plaine, il reconnut le champ de bataille où était mort le prince Mendak. Là, il ordonna à ses soldats et à ses architectes de construire un temple, plus vaste et plus majestueux que tous les édifices construits jusque-là.

Cet ouvrage prit de nombreuses années, durant lesquelles le roi Kana vieillit et devint plus sage, se contentant de prier et de veiller sur l'avancement des travaux plutôt que de guerroyer. Enfin, lorsque le temple fut terminé et que le roi se prosterna devant la statue de la déesse, il comprit qu'il avait trouvé sa place en ce monde.

Autour du temple, il fit élever une multitude d'autres édifices, et ceinturer la vaste esplanade d'une haute muraille de pierres.

C'est là, dans la cité merveilleuse d'Angkor, que le roi Kana, enfin apaisé, passa les dernières années de sa vie à prier la déesse, à rêver chaque nuit, et à combattre la lèpre qui dévorait son corps et son cœur.

Ainsi se termine la légende du roi lépreux.

15

Cardamome, anis étoilé et poivre blanc

Au moment de quitter Siem Reap pour Bangkok, Henri Mouhot sait qu'il vient de faire une découverte d'une importance capitale. La légende d'Angkor l'a profondément marqué, à l'image de ce roi lépreux et de cette déesse qui, dès lors, ne cessent de le hanter. Il ne sait quel crédit apporter à cette histoire, mais peu importe. En quittant l'homme qui l'a hébergé tout le temps de son séjour, il le remercie chaleureusement pour son accueil ainsi que pour l'avoir diverti de la sorte.

– Oubliez Angkor, lui confie le haut dignitaire. Cela ne pourrait que vous apporter des ennuis.

– Je ne sais si on peut oublier une telle cité, fait remarquer le Français.

Car il pense que si, par superstition, par stupidité ou tout simplement par peur, les Cambodgiens se sont désintéressés de cette cité qu'ils jugent maudite, lui se fait fort de la sortir de l'oubli dans lequel elle est tombée depuis des siècles.

Lors du voyage de retour au royaume de Siam, il fait une

longue escale à Battambang, où il loue deux chariots et deux buffles, car il est désormais lourdement chargé. Outre ses collectes de naturaliste, il rapporte dans ses bagages un jeune chimpanzé qu'il a fini par apprivoiser et qui le distrait de sa profonde solitude. La chaleur est suffocante, et la plaine de terre rougeâtre entre Battambang et Muang-Kabine lui semble une longue piste interminable. Enfin parvenu à Paknam, il se défait de ses chariots et de ses buffles, trop lourds et trop lents, et loue un bateau qui le ramène à Bangkok.

Lorsque Mgr Pallegoix le recueille dans sa demeure de la mission française, il ne reconnaît plus le voyageur qu'il a laissé des mois plus tôt partir à la recherche du papillon sacré. L'homme sûr de lui, qui naguère lui tenait tête, ne ressemble en rien à ce pauvre hère au regard luisant de fièvre semblant revenir du royaume de la folie. Visiblement exténué, à bout de forces, amaigri, il nage dans son habit désormais trop grand pour sa carcasse.

– Avez-vous trouvé un spécimen du papillon de Siam ? lui demande aussitôt le religieux.

Henri Mouhot le regarde, interloqué, puis, comme s'il revenait d'un lointain territoire de brumes, il répond sur un ton de dépit :

– Non.

Mgr Pallegoix laisse échapper un soupir de soulagement. Alors le voyageur lui fait cet aveu :

– En revanche, j'ai trouvé une ville perdue au milieu de la jungle.

Un peu plus tard, au terme d'un récit émaillé d'une foule de détails, Mgr Pallegoix, rassuré, conclut :

– Votre mission est donc une réussite.

Henri Mouhot lui adresse un regard las et désabusé.

– Au contraire, il s'agit d'un échec. J'ai trouvé ce que je n'attendais pas, tandis que m'a été refusé ce que j'espérais.

– En somme, conclut le religieux dans un large sourire, vous venez de faire connaissance avec l'ironie de l'existence.

La nuit suivante, comme toutes les nuits depuis sa découverte d'Angkor, Henri Mouhot est la proie d'un sommeil agité. Il se réveille à plusieurs reprises, angoissé et couvert de sueur, tout à la fois surpris et déçu de ne pas se trouver au cœur de la cité d'Angkor, mais dans l'une des cellules de la mission française de Bangkok, une petite pièce sans fenêtre aux murs blanchis à la chaux.

Au matin, sur la terrasse où l'attend Mgr Pallegoix, devant une coupe de fruits et un bol de thé vert, il se confie au religieux :

– Vous me croirez ou non, Votre Éminence, mais il m'arrive quelque chose d'étrange.

– Quoi donc ? répond l'homme d'Église en mordant à pleines dents dans la chair juteuse d'une mangue.

– Toutes les nuits, je fais le même songe.

– Racontez-moi cela en détail.

Le voyageur s'exécute aussitôt.

Dans son rêve, il est allongé sur un lit. Il semble

délirant, fiévreux. Apparaît alors une déesse aux longs cheveux noirs. À la main, elle tient une coupe d'or remplie de vin parfumé aux épices. La déesse s'approche de lui et porte la coupe aux lèvres du voyageur, le forçant à boire une gorgée améthyste. Ivresse aux senteurs de cardamome, d'anis étoilé et de poivre blanc. Pendant ce court laps de temps où il perd pied avec le réel, les yeux clos et l'âme légère, il semble toucher le paradis, la jouissance, l'extase, comme s'il était en totale harmonie avec le monde.

Enfin, lorsque l'ivresse s'estompe, et qu'il parvient à rouvrir les yeux, c'est pour se rendre compte qu'il est seul. La déesse a disparu, et avec elle la coupe d'or, le vin, ainsi que la paix et la quiétude dans lesquelles baignait son esprit. Seul demeure, volant en spirale au-dessus de sa tête, un papillon de Siam qu'il tente de capturer dans sa main, mais qu'un souffle de vent emporte avant qu'il ne puisse l'atteindre.

– Et cela fait longtemps que vous êtes habité par ce rêve ? demande le religieux.

– Depuis la découverte de cette ville au cœur de la jungle.

– Angkor, la déesse et le papillon de Siam. Vous êtes donc obnubilé par ce pays, n'est-ce pas ?

– Oui, sans doute. C'est comme si j'avais été désigné par le doigt de Dieu pour remplir une mission, et qu'une malédiction m'empêchait de l'accomplir.

– Je peux comprendre cela, fait observer l'archevêque, lui qui n'a jamais cessé de servir le Seigneur, et qui a parfois été découragé par l'ampleur de la tâche. Mais que comptez-vous faire, désormais ? Rentrer en Europe ou poursuivre votre voyage ?

– Avant toute chose, il me faut songer à réclamer de nouveaux subsides à l'Académie royale des sciences de Londres, car je n'ai plus un sou vaillant !

C'est hélas ! la vérité. Le Français, ayant épuisé toutes ses ressources financières, se résout à envoyer une missive en Angleterre dans laquelle il réclame une aide pour une troisième et dernière expédition qu'il compte mener bientôt à la recherche du *Teinopalpus aureus*. S'il échoue cette fois-ci, il rentrera en France et ne demandera plus rien à l'Académie. À cette lettre, il joint une partie de son journal de bord contenant le récit de sa découverte d'Angkor, en émettant le souhait qu'on le publie dans les journaux.

Désormais, il ne lui reste plus qu'à attendre la réponse, de longs mois durant, mettant à profit ce temps perdu pour corriger et augmenter ses notes, mettre à jour les collections qui demeurent en sa possession et peaufiner ses croquis, tout en se laissant vivre aux frais de l'Église et de Mgr Pallegoix, heureux et ravi de voir que son jeune protégé recouvre de jour en jour la santé. D'ailleurs, il ne peut que se réjouir de la découverte archéologique qu'il évalue à l'aune des dessins et du récit que lui en fait le voyageur.

– Je suis certain que là-bas, en Europe, vous allez devenir célèbre, confie-t-il à un Henri Mouhot encore perplexe sur la suite des évènements.

L'intéressé se contente d'abord d'adresser un sourire

poli à son hôte puis, après avoir réfléchi, livre cette réponse judicieuse :

– Si d'aventure mon récit de voyage devait être publié, ce n'est pas moi qui deviendrais célèbre, mais la cité d'Angkor !

16

Les Maoris du Jardin des Plantes

À plus de dix mille kilomètres de Bangkok, la vision du monde est tout autre.

Lorsque quelques mois plus tard Mr Prescott, naturaliste de l'Académie royale des sciences de Londres, frappe à la porte du bureau de lord Rosse, tenant en main la lettre d'Henri Mouhot qui lui réclame de nouveaux fonds, nul doute qu'il s'attend à un refus. D'ailleurs, échaudé par l'insuccès des deux premières expéditions du Français, lord Rosse le reçoit froidement :

– J'ai bien peur, mister Prescott, que l'Angleterre ait déjà fait beaucoup pour ce M. Mouhot, assène l'astronome en faisant les cent pas dans son bureau.

Le naturaliste de l'Académie, sagement assis sur sa chaise, le regarde aller et venir comme un lion en cage.

– Je sais bien qu'il a échoué lors de ses deux premières tentatives, admet Prescott. Mais puisqu'il se trouve sur place, pourquoi ne pas lui laisser une dernière chance ?

Cette fois, lord Rosse se fige et, faisant volte-face, fulmine :

– Vous voudriez donc, fort de ces deux échecs, que nous financions une troisième expédition ?

– Vous oubliez la découverte d'Angkor.

– Angkor ? Qu'est-ce donc que cela ?

Mr Prescott se lève prestement et, exhibant devant un lord Rosse ahuri certaines pages du carnet de voyage que l'explorateur français lui a envoyé, s'emballe :

– Une cité khmère d'une incroyable richesse archéologique que notre voyageur a découverte au Cambodge. Voyez comme il la dessine avec élégance… N'est-elle pas magnifique ?

Plaçant sous le nez de l'astronome quelques-uns des croquis les plus finement ouvragés, il tente de l'amadouer peu à peu.

– N'est-ce pas un travail admirable ?

– Sans doute, mais que voulez-vous que…

– Et ce n'est pas tout, l'interrompt Mr Prescott, car dans les pages de son journal de bord, je dois le concéder, Henri Mouhot fait preuve d'une plume alerte qui donne au récit de sa découverte une tension extraordinaire. Tenez, je vous laisse en prendre connaissance.

Lord Rosse, qui est retourné derrière son bureau, confortablement installé dans son fauteuil, accepte enfin de se pencher sur le travail en question. Muni d'une loupe à manche d'argent, il scrute attentivement chaque détail des croquis, et lit au hasard quelques lignes du journal. Cela lui prend tout au plus une ou deux minutes. Puis, se relevant lentement, son œil démesurément grossi par le verre de sa loupe, il observe Mr Prescott avec une grimace :

– Tout cela est bien joli, mais une cité n'est pas le papillon de Siam, que je sache.

– Un papillon ou une cité perdue, quelle différence ? Ce qui compte, en réalité, et vous le savez aussi bien que moi, c'est le rayonnement de la couronne britannique par-delà les mers.

Cette fois, lord Rosse demeure silencieux. Profitant de la brèche qu'il vient de créer, le naturaliste reprend :

– Cette découverte est d'une importance capitale, que vous y consentiez ou non. Il s'agit d'une cité très ancienne, dont le moindre des vestiges aurait sa place dans les plus prestigieux musées de notre vieille Europe. Songez à la gloire qui rejaillira sur notre Académie le jour où le monde apprendra que nous sommes à l'origine de la découverte de la huitième merveille du monde.

Lord Rosse, qui vient de poser sa loupe sur le cuir de son sous-main, réfléchit quelques instants.

– Peut-être, mais comment le faire savoir ?

C'est là que Mr Prescott, en habile joueur, sort sa carte maîtresse :

– Un journal anglais a accepté de publier un extrait du récit de cette fabuleuse découverte. Et un autre journal, français celui-là, qui n'est autre que le fameux *Tour du monde,* propose de publier le même récit, mais cette fois dans son intégralité, sous forme de feuilleton.

– Excellente nouvelle.

– Surtout que les directeurs des publications concernées, avec qui j'ai pris contact et fourni des épreuves du journal de bord, sont prêts à payer cher cette exclusivité.

Tandis que les traits du visage de l'astronome s'assouplissent, qu'il semble rasséréné, Mr Prescott ajoute avec malice :

– Il ne nous reste donc qu'à négocier avec eux afin d'en tirer le meilleur prix. Cela suffira, je pense, pour amorcer les finances d'une troisième expédition.

Un court silence, puis l'espiègle naturaliste conclut :

– Et qui vous dit, cette fois, qu'il ne va pas finir par le dénicher, ce fameux papillon de Siam... ?

Lord Rosse laisse échapper un rire qui éclate dans l'air comme une bulle de cristal.

– Vous êtes diablement rusé, mon cher Prescott, et aussi pugnace que votre protégé, ce qui n'est pas pour me déplaire. Puisque vous m'avez démontré avec ingéniosité que l'Académie pouvait sortir grandie d'une telle entreprise, et que les journaux paieront à notre place, je veux bien lui donner une dernière chance, à votre Français !

Comme l'a annoncé Mr Prescott, et comme Mgr Pallegoix l'avait subodoré bien des mois plus tôt, lorsque les journaux européens révèlent l'étonnante découverte du voyageur, se lève un engouement général. En quelques semaines, la nouvelle se répand dans toutes les capitales européennes comme une traînée de poudre : un Français nommé Henri Mouhot a découvert l'une des plus belles cités oubliées, au cœur de la jungle du royaume de Cambodge, un joyau architectural d'une finesse incroyable et d'une richesse insoupçonnée.

Dès la publication en feuilleton du journal de bord du voyageur, on s'enthousiasme pour cette histoire nimbée d'exotisme. Le natif de Montbéliard est partout fêté comme un héros. Les plus éminents spécialistes donnent des conférences dans les plus prestigieuses universités de France et d'Angleterre, commentant allégrement cette découverte. Les cénacles scientifiques et géographiques résonnent du récit de ses exploits pendant de longues semaines. Le royaume khmer devient un sujet à la mode, on s'en entiche comme du dernier parfum en vogue. Les croquis des édifices d'Angkor, surtout, impressionnent au plus haut point des milliers de lecteurs. Certains n'hésitent pas à les comparer à un autre chef-d'œuvre d'architecture, érigé non pas en Asie, mais sur les bords de la Loire : Chambord.

On parle d'entreprendre un voyage d'exploration avec les meilleurs archéologues d'Europe afin de sortir de l'oubli ce joyau. Napoléon III lui-même, bien que réticent au départ, assure que la France contribuera aux finances d'une telle entreprise, si d'aventure les savants parviennent à un accord.

Même à Edinburgh, où Ann Mouhot apprend la nouvelle par les journaux, on ne reste pas indifférent. Elle lui écrit même qu'elle est heureuse pour lui et qu'elle souhaite son retour au plus tôt.

Henri Mouhot, resté à Bangkok, ne sait rien de cette fièvre qui agite l'Occident, ni de l'empressement de sa femme à le retrouver. Fort heureusement pour lui car, comme toute mode, celle du royaume de Cambodge et de sa cité perdue ne dure que le temps d'une aubade. Bientôt, comme une musique nouvelle et déjà oubliée, on se lasse de ces ruines et de ce pays lointain. La cité d'Angkor se trouve au cœur de l'Asie, perdue entre les royaumes de Cambodge, de Laos et de Siam ? Grand bien lui fasse. Qu'elle y reste à jamais.

La découverte d'Henri Mouhot n'intéresse plus personne. Maintenant, pour surprendre l'opinion publique, il faut aller aux antipodes : en terre d'Australie, en Papouasie, en Tasmanie, en Nouvelle-Zélande où, paraît-il, vivent des sauvages, les Maoris, qui n'ont pas évolué depuis la préhistoire et ont le corps recouvert de tatouages. Un scientifique vient justement d'en ramener un couple en France après un long périple jusqu'à la mer de Tasman où il a risqué cent fois sa vie, échappant de peu à la noyade, au typhus, à la dysenterie. On peut d'ailleurs les voir au zoo du Jardin des Plantes où ils sont exposés dans une cage. Le Tout-Paris y court. On dit que ces sauvages-là, avec leur peau tatouée, leurs cheveux hirsutes et leurs cris de bêtes, sont si effrayants que les péronnelles se cachent sous leurs ombrelles pour ne pas les voir.

Deux mois après la fièvre suscitée par la publication du

feuilleton d'Angkor, tout le monde a oublié l'existence de la prestigieuse cité.

Tout le monde à l'exception d'Henri Mouhot, qui, dans sa thébaïde de la mission française de Bangkok, n'attend plus qu'un signe de l'Académie pour repartir en voyage. Et s'il ne parvenait pas à capturer cet insaisissable papillon de Siam ? Il échafaude déjà d'autres plans. Il y a tant à faire. Les royaumes de Siam, de Cambodge et de Laos sont si vastes, encore en friche. Il reste tant de terres vierges à conquérir et de ruines à découvrir.

Lorsque la réponse favorable de l'Académie lui parvient enfin, il s'est écoulé près d'un an depuis sa fabuleuse découverte, temps mis à profit pour reposer son organisme éprouvé par les deux premières expéditions. C'est donc le cœur léger et le corps revivifié qu'Henri Mouhot annonce à Mgr Pallegoix qu'il reprend la route.

– Très bien, demande-t-il, et cette fois, où comptez-vous donc vous rendre ?

– Dans le royaume de Laos.

– Le Laos ?

– Oui. Dans la région de Luang Prabang, en plein cœur du pays.

– Savez-vous qu'il n'y a là-bas que des montagnes et des forêts, et qu'à ma connaissance aucun Européen ne s'est jamais aventuré à cet endroit ?

– Dans ce cas, je serai le premier.

Mgr Pallegoix a beau lever les bras au ciel, mettre en garde son compatriote contre les dangers qui l'attendent, rien ne le fera changer d'avis.

– Décidément, monsieur Mouhot, vous êtes incorrigible !

– Vous avez sans doute raison, Votre Éminence, mais qu'y puis-je ?

Les deux hommes échangent une ultime poignée de main et se quittent devant la cathédrale de la mission française, sans se douter qu'ils se voient pour la dernière fois.

17

Dix singes et un éléphant blanc

Juin 1861.

La route est longue qui va de Bangkok à Luang Prabang. Il faut suivre le cours d'un fleuve en direction du nord sur un tracé montagneux qui, au fur et à mesure de sa remontée, devient de moins en moins praticable. Tout cela sous des averses torrentielles, car la saison des pluies vient de commencer.

Après avoir accompli la première partie du voyage à bord d'une jonque chinoise, épuisé par des nuits sans sommeil, harcelé par les moustiques et la fumée de l'opium que consomment inlassablement ses compagnons de voyage, Henri Mouhot fait le choix de continuer sa route par voie de terre.

Parvenu à Khao Khoc, un site enclavé dans les gorges du fleuve, là où commencent les montagnes, il découvre un pauvre village fait de huttes de bambou. Malgré l'aridité du lieu, il quitte la jonque sans le moindre regret.

Il se tient debout sur le ponton où il vient d'accoster. Quelques villageois occupés à repriser leur filet de pêche lèvent la tête, étonnés. Lorsque l'étranger s'approche et parvient à leur faire comprendre qu'il cherche un abri pour la nuit, l'un des pêcheurs le conduit à la demeure du gouverneur de Khao Khoc.

Ce dernier, un mandarin vêtu d'une tunique safran, a le crâne rasé. Par chance, il possède quelques notions d'anglais, il a fait ses études à Bangkok. Il reçoit le visiteur assis en tailleur sur la terrasse de sa maison, à l'ombre d'un toit de palmes qui le protège de la pluie.

– Que fait un Européen dans ces contrées perdues ? lui demande-t-il d'emblée après l'avoir invité à s'asseoir en face de lui et à partager une tasse de thé vert.

Comme Henri Mouhot ne désire éveiller aucun soupçon, il s'abstient d'évoquer *le Teinopalpus aureus* et ressert le mensonge qu'il avait donné au roi de Siam :

– Je viens établir une carte géographique de ce pays, et pour cela je dois me rendre à Luang Prabang par la route de Korat.

– Dans ce cas, lui confie le mandarin, vous devez être fou ou ignorant, car pour aller de Khao Khoc à Korat, vous devrez franchir la forêt du Roi de feu, qu'on nomme ici *Dong-Phya-Phaye*.

– Quelle est donc cette forêt ? Et qui est ce roi de feu ? interroge Henri Mouhot, soudain intrigué.

Le mandarin, distrait un instant par l'épais rideau de pluie ruisselant sur les feuilles de palme, répond avec un léger sourire :

– Un endroit habité par les démons et régi par un roi à

la chevelure de feu qui, d'un seul regard, peut vous donner la mort.

Henri Mouhot, se doutant qu'il s'agit là d'une des nombreuses légendes dont les habitants de ce pays sont friands, rétorque avec une pointe d'ironie :

– Dans ce cas, je tâcherai de ne pas croiser son chemin.

– Cela signifie que vous voulez toujours traverser cette forêt ?

– Puisqu'elle se trouve sur ma route, je ne vois pas comment faire autrement.

– Permettez-moi, tout au moins, de vous offrir une amulette qui vous préservera du mauvais sort.

Le mandarin donne un ordre à l'un de ses domestiques resté en retrait. Ce dernier réapparaît bientôt tenant à la main une dent de tigre dont on a percé l'extrémité afin d'y loger une lanière de cuir.

– Je vous remercie de votre sollicitude, dit Henri Mouhot en nouant l'amulette autour de son cou.

En retour, comme le veut l'usage, il offre au mandarin un cadeau, choisissant dans son paquetage une ombrelle achetée au marché de Bangkok qui semble ravir le gouverneur de Khao Khoc.

– Encore un conseil. Ne traversez pas cette forêt seul. Il y a là-bas tant de vase et de marigots, propices aux fièvres, qu'immanquablement vous y perdriez la vie.

– Dans ce cas, que me proposez-vous ?

Le mandarin, faisant tournoyer le manche de l'ombrelle

dans sa main, conclut comme s'il s'agissait là de la chose la plus naturelle du monde :

– Louez donc un guide et un éléphant.

Un peu plus tard, à l'orée du village où un domestique du mandarin l'a conduit, l'explorateur parvient à dénicher la perle rare : un superbe éléphant blanc dont le cornac, un jeune Laotien, accepte contre quelques ticaux de l'accompagner jusqu'à Luang Prabang. Étonné par la couleur de lait de l'animal, Henri Mouhot comprend qu'il a beaucoup de chance : tout comme le papillon de Siam, l'éléphant blanc est une espèce sacrée dans ce pays.

Lorsqu'il quitte Khao Khoc pour la forêt du Roi de feu, Henri Mouhot sait qu'il se trouve aux portes des enfers. Le jeune guide, qui conduit avec habileté l'éléphant sur lequel est juché le voyageur, semble effrayé par cet endroit. Dès qu'Henri évoque la *Dong-Phya-Phaye*, le visage du Laotien pâlit.

Au troisième jour du voyage apparaissent pourtant, sur le fil de l'horizon, les premières collines teintées d'émeraude de la forêt tant redoutée. En pénétrant dans ce massif montagneux recouvert d'une végétation très dense, le voyageur se rend compte à quel point le mandarin avait raison. Sans la présence de l'éléphant qui piétine allégrement les arbustes masquant le sentier, franchit les îlots de vase avec une facilité déconcertante, se joue des fondrières et gravit les collines aussi vite qu'il les redescend, il serait impossible de traverser cette forêt pendant la saison des pluies.

Il règne dans cet endroit un silence étonnant. Pas un seul cri de bête sauvage, ni même un chant d'oiseau. Tout est endormi dans l'ombre profonde, jusqu'au soleil, empêché par l'épais feuillage des arbres, qui ne parvient pas à traverser la canopée lorsque, entre deux averses, il fait une timide apparition.

Malgré cette torpeur et cette obscurité, les deux hommes installent leur bivouac dans une petite clairière afin d'y passer la nuit. Avant de se coucher, le guide n'oublie pas de faire une offrande au Roi de feu en posant, sous le regard amusé de son compagnon, une écuelle de riz sur un autel improvisé à l'aide de quelques pierres superposées les unes aux autres.

Le lendemain, à l'aube, Henri Mouhot est soudain réveillé par le cri d'une dizaine de singes, que l'odeur du riz a alléchés. Ceux-là, aussi peu enclins que le Roi de feu à ce qu'on traverse leur territoire sans leur autorisation, se disputent le contenu de l'écuelle en poussant des cris aigus, jusqu'à ce que le barrissement opportun de l'éléphant blanc, dérangé dans son repos par leur vacarme, leur cause une bonne frayeur. Les primates détalent aussitôt dans les arbres, laissant l'écuelle renversée sur le sol et le jeune Laotien désolé et inquiet de voir son offrande ainsi détruite.

La vengeance du Roi de feu, si on peut y accorder quelque crédit, ne tarde pas à venir. Le jour même, le guide est attaqué par un léopard surgi d'un fourré. Le fauve bondit sur lui et lui entaille le bras d'un coup de griffe. Fort heureusement, il n'a pas le temps de revenir à la charge. Henri Mouhot a saisi son fusil, vise la bête et presse la détente. Le léopard, touché au flanc, tourne deux fois sur lui-même sous la violence de l'impact avant de s'abattre lourdement sur le sol. Le Laotien, comprenant que le Français lui a sauvé la vie, est désormais plein d'attentions à son égard, et le restera tout au long du voyage.

Nulle trace, cependant, du papillon de Siam. Dans cette vaste forêt, seules quelques espèces déjà connues du naturaliste se laissent emprisonner dans son filet. En revanche, il collecte un nombre impressionnant de plantes, notamment une orchidée de couleur orangée dont la corolle lui rappelle un papillon.

Au terme de deux longues semaines de traversée épuisante, les deux hommes sortent enfin des limites de la forêt, heureux l'un et l'autre de n'avoir pas croisé une seule fois la route, et encore moins le regard, de ce Roi de feu décidément bien peu visible.

L'inquiétude d'Henri Mouhot est maintenant tout autre. Depuis plusieurs soirs, il est assailli de vertiges, de nausées, de maux de tête, et se demande s'il n'a pas contracté les fièvres vespérales. Saisissant entre ses doigts la dent de tigre que lui a offerte le mandarin de Khao Khoc, il la caresse longuement avant de s'endormir, tentant ainsi de se préserver du mauvais sort. L'amulette, aidée de quelques cachets de quinine, semble efficace car à peine le voyageur est-il arrivé à Korat que le mal s'estompe. Sûr de ses forces, il se croit épargné.

À Korat, une petite bourgade qui vit essentiellement du marché de la soie, il visite un temple dont l'architecture s'apparente à celle d'Angkor, même si l'édifice lui paraît moins majestueux et surtout de plus petite taille. Là, il ne demeure que quelques jours, avant de poursuivre sa route encore longue jusqu'à Luang Prabang.

Korat, Tchaïapoune, Poukiéau sont les principales villes de ce périple, ainsi qu'une multitude de villages aux noms imprononçables et habités de sauvages qui n'ont, de leur vie, jamais vu un homme blanc. Pris de remords, Henri Mouhot tient finalement la promesse qu'il a faite au roi de Siam ainsi qu'au mandarin de Khao Khoc, et établit une carte géographique de ces régions méconnues, dessinant les méandres des cours d'eau traversés, mentionnant les monts et les localités avec un soin tout particulier.

À Luang Prabang, où Henri Mouhot arrive le 25 juillet, il retrouve le cours du Mékong. Abandonnant là son jeune guide laotien ainsi que l'éléphant blanc, il poursuit sa route seul et à pied. La ville lui semble un petit paradis encerclé de montagnes, où règne un climat plus doux que dans la jungle. L'air y est vif, et les nuits sont fraîches. Il y est reçu en grande pompe par le roi de Luang Prabang, à qui il offre un fusil afin de garder le droit de circuler sur ses terres. Montrant au Roi et à ses dignitaires la carte qu'il vient d'établir de leur pays, le voyageur connaît un vif succès. Enfin, après quelques semaines passées dans cette ville et ses alentours, il repart afin de visiter les districts du Nord, dans l'espoir toujours aussi présent de capturer un spécimen de *Teinopalpus aureus*.

18

La déesse d'Angkor

Les derniers jours se révèlent les plus difficiles.

Henri Mouhot, épuisé, affaibli par des mois de courses incessantes à travers la jungle, commence à montrer des signes de faiblesse. Août et septembre passent sans que sa santé soit notablement affectée. Mais en octobre 1861, les fièvres le reprennent et, cette fois, ne le quittent plus.

Il se trouve non loin de Luang Prabang, dans un village appelé Ban Phanom. À peine a-t-il quitté cette localité où il a passé la nuit qu'il sent ses forces le quitter. Il n'a pas fait cinq cents mètres que sa vue se trouble, comme s'il s'était enivré de vin de palme, était resté trop longtemps sous un soleil ardent, ou encore avait été empoisonné. Le poison ? Il y songe un instant, avant d'en repousser l'idée. Non, la cause doit être tout autre. Sans doute a-t-il respiré les miasmes délétères des marais pestilentiels qui infestent cette région et qui chaque année font de nombreuses victimes. Jusque-là, il a toujours su se relever de la maladie. Jusque-là.

Tremblant, grelottant malgré la chaleur, n'ayant ni le

courage de retourner au village ni celui de continuer sa route, il décide de se reposer un instant contre la souche d'un palétuvier. Mais lorsqu'il décide de se relever, il ne fait pas trois pas qu'il titube et s'écroule face contre terre, évanoui. Lorsqu'il reprend ses esprits, il tente de se relever, mais ses jambes ne le portent plus. À peine esquisse-t-il un pas qu'il perd à nouveau connaissance et s'abat au sol. Pour ne plus se relever.

Les enfants qui le trouvent ainsi, quelques heures plus tard, étendu dans l'herbe grasse en bordure de la rivière, pensent qu'il s'agit d'un dieu tombé du ciel, ou d'un démon sorti tout droit des enfers. Les plus jeunes rebroussent chemin en criant de frayeur. Les plus âgés, moins impressionnables, décident de s'approcher du corps. Ils reconnaissent le Français qui a dormi la nuit dernière dans leur village. Rassurés, ils colportent la nouvelle à leurs parents. Panique, affolement. On fait appel à un vieux sorcier qui vient sur place prendre le pouls de l'agonisant et assure qu'il est encore vivant. Sur son injonction, deux hommes transportent le malade jusqu'au Ban Phanom, à l'aide d'un brancard de lianes et de feuilles de banian. Là, sur la place principale, on l'étend sous une hutte de branchages, à l'abri des pluies.

Henri Mouhot délire ainsi pendant trois jours et trois nuits sans recouvrer ses esprits. Les femmes le nourrissent d'un peu de gruau de riz et de bouillon de soja tandis que les hommes restent en retrait. Les enfants qui tourbillonnent autour de lui comme des guêpes attirées par l'odeur du miel s'effraient de la longueur de sa barbe ou rient de la blancheur de sa peau. Les vieillards, eux, passent indifférents près du mourant en invoquant quelques dieux de leur panthéon, soucieux de se prémunir contre la maladie.

Au crépuscule, dans la douceur venue du fleuve, l'apaisement de l'obscurité et le chant des oiseaux, il semble que le malade reprenne vie et qu'il délire moins. Parfois, ses paupières se soulèvent et ses yeux scrutent les étoiles une à une dans la voûte céleste, cherchant celle qui saura lui insuffler assez d'énergie pour lutter contre le mal qui le ronge. Ses lèvres tentent de former des sons que les indigènes ne comprennent pas, mais qu'ils écoutent avec une attention particulière. Puis soudain les fièvres le reprennent, ses yeux se ferment, sa bouche se crispe, son corps tressaute et son front devient brûlant comme s'il abritait le feu ardent d'un volcan.

Le dernier soir, alors que le village dort paisiblement, Henri Mouhot, comme au sortir d'un long cauchemar, se réveille en sursaut au milieu de la nuit. Les étoiles et la lune sont cloutés dans le ciel, produisant une lueur d'argent qui donne à la pénombre un semblant de clarté. Grâce à elle, il devine, agenouillée devant sa couche, la présence d'une jeune femme aux longs cheveux noirs et aux yeux sombres. Elle est nue, hormis quelques colliers et bracelets d'ambre, d'or et de jade qui recouvrent ses seins, ses chevilles, ses poignets et son cou. Elle ressemble à s'y méprendre à l'une de ces statues de déesses khmères aperçues au temple d'Angkor.

Elle ne dit rien. Elle se contente d'être là et de veiller sur son sommeil. Pourtant, Henri Mouhot ne dort plus. Les délires de la fièvre l'ont quitté un temps, lui octroyant un dernier répit. Il est étendu sur sa couche de branchages, immobile. Et il dévisage l'étrange apparition. Alors, tandis qu'il la regarde en haletant, étonné semble-t-il, mais ravi de cette présence mystérieuse, la jeune femme aux longs cheveux noirs prend le visage du malade entre ses mains et commence à le masser délicatement.

– Qui êtes-vous ? demande-t-il, surpris par le contact de cette chair nouvelle, de ses paumes parfumées et fraîches qui semblent atténuer sa souffrance, son tourment, et éloigner le spectre de la mort.

– Peu importe qui je suis, répond la jeune femme. Demandez-vous plutôt pourquoi je suis là en cet instant précis.

Cette demande lui paraît ridicule. Henri Mouhot sait très bien qu'il a en face de lui la déesse d'Angkor, la divinité qu'il a réveillée en violant l'enceinte de la cité interdite, et qui vient le hanter au moment de passer de vie à trépas. Pas une fois ne lui vient à l'esprit l'idée qu'il puisse s'agir d'une créature humaine. Elle ressemble trop à une déesse pour cela.

– C'est étrange…, a-t-il encore la force de murmurer.

– Quoi donc ?

– J'étais venu chercher un papillon… et à la place j'ai trouvé une cité. J'ai donc échoué…

Elle sourit.

– Bien sûr que non. Le papillon de Siam, vous l'avez bel et bien trouvé, mais vous ne le voyez pas parce que, comme tous vos semblables, vous ne voyez pas les choses essentielles à la bonne échelle. Vous cherchez au loin ce que vous tenez déjà dans votre main depuis le premier jour.

Une lueur d'effroi traverse le regard du voyageur.

– Je ne comprends pas…

– Cela n'a aucune importance. Lorsque vous serez à la bonne distance, que votre âme ne pèsera pas plus qu'une aile de papillon, alors tout s'éclaircira.

Puis encore :

– Ne désespérez plus. Votre mission est achevée. Maintenant vous pouvez vous reposer.

Elle tient à la main une coupe remplie de vin parfumé aux épices. Le calice de la paix. La jeune femme porte la coupe aux lèvres du malade, le forçant à boire une gorgée améthyste. Senteurs de cardamome, d'anis étoilé et de poivre blanc. Henri Mouhot ouvre grand les yeux. Une dernière fois, le bien-être l'envahit. Lui qui un instant plus tôt, grelottait malgré la chaleur, se sent divinement bien. Le vin le grise, aussi s'abandonne-t-il au vertige délicieux de l'ivresse.

– Une dernière chose, dit la jeune femme.

– Je vous écoute, répond le voyageur, les yeux à demi fermés.

Elle hésite quelques secondes, puis dans un sourire :

– En quelque sorte, le papillon de Siam que vous cherchez depuis si longtemps, ce n'est rien d'autre que vous…

– Je ne comprends pas…

– C'est la vérité. Vous êtes l'espèce sacrée que vous cherchez depuis toujours. Vous volez dans les airs sans jamais vous arrêter, vous êtes très difficile à capturer. Vous êtes un spécimen rare, vous avez réussi l'exploit de demeurer un homme libre.

Henri Mouhot, apaisé, repose sa nuque sur l'oreiller, et esquisse un large sourire.

– Un homme libre, répète-t-il, dans une béatitude parfaite.

Puis il ferme les yeux et plonge cette fois dans les abysses des fièvres vespérales. Alors, avec lenteur, la jeune femme trace à l'aide de son pouce des lettres étranges sur le front du malade. Un message d'ambre et d'or qui accompagnera le mourant dans son dernier voyage vers les frontières de l'invisible.

Enfin, elle se lève et disparaît, non sans lui avoir jeté un dernier regard empli d'un profond et authentique amour.

Henri Mouhot ne reviendra pas en France, à jamais absorbé par ce royaume de Siam qu'il chérissait tant. Il meurt des fièvres au terme de cette nuit étrange, alors que se lèvent à l'horizon les premières lueurs de l'aube.

Nous sommes en novembre 1861. Il vient d'avoir trente-cinq ans.

Dès le lendemain, sa dépouille est inhumée dans le village de Ban Phanom, non loin de Luang Prabang, à l'endroit précis où, ironie de l'histoire, la rivière Nam Khan ressemble à s'y méprendre à l'aile fragile et diaphane d'un papillon.

DU MÊME AUTEUR

Aux Éditions Albin Michel

L'APICULTEUR, 2000, prix del Duca 2001, prix Murat 2001.

SAGESSE ET MALICES DE CONFUCIUS, LE ROI SANS ROYAUME, 2001.

OPIUM, 2002.

BILLARD BLUES, 2003.

AMAZONE, prix Europe 1, 2004

TANGO MASSAÏ, 2005.

LE LABYRINTHE DU TEMPS, 2006.

LE TOMBEAU D'ÉTOILES, 2007.

LES CARNETS DE GUERRE DE VICTORIEN MARS, 2008.

Aux Éditions Arléa

NEIGE, 1999.

LE VIOLON NOIR, 1999.

Composition IGS-CP
Impression CPI Bussière en février 2010
à Saint-Amand-Montrond (Cher)
Éditions Albin Michel
22, rue Huyghens, 75014 Paris
www.albin-michel.fr
ISBN : 978-2-226-19592-0
N° d'édition : 19064/01. – N° d'impression : 100236/4.
Dépôt légal : mars 2010.
Imprimé en France.